Brigitte Sandberg

# Zer  brochen

Innerhalb und außerhalb des Tunnels


Mit Radierungen, Zeichnungen und Malereien

Bibliografische Information der Deutschen
Nationalbibliothek: Die Deutsche Nationalbibliothek
verzeichnet diese Publikation in der Deutschen
Nationalbibliografie; detaillierte bibliografische
Daten sind im Internet über dnb.dnb.de abrufbar.

Ölgemälde, Radierungen, Zeichnungen und Fotos
von Brigitte Sandberg

Herstellung: BoD – Books on Demand Norderstedt

ISBN: 9783748147749

„Der Wahn als Reserve der Wahrheit. Ich will in Relevanz leben. Begegnungen ohne Liebe sind für mich irrelevant."

Heidemarie Härtl in „Puppe im Sommer"

## Todesfuge

Schwarze Milch der Frühe wir
trinken sie abends
wir trinken sie mittags und
morgens wir trinken sie nachts
wir trinken und trinken
wir schaufeln ein Grab in den
Lüften da liegt man nicht eng
Ein Mann wohnt im Haus der
spielt mit den Schlangen der
schreibt
der schreibt wenn es dunkelt nach
Deutschland
dein goldenes Haar Margarete

er schreibt es und tritt vor das
Haus und es blitzen die Sterne
er pfeift seine Rüden herbei
er pfeift seine Juden hervor lässt
schaufeln ein Grab in der Erde
er befiehlt uns spielt auf nun zum
Tanz

Schwarze Milch der Frühe wir

trinken dich nachts
wir trinken dich morgens und
mittags wir trinken dich abends
wir trinken und trinken
Ein Mann wohnt im Haus der
spielt mit den Schlangen der
schreibt
der schreibt wenn es dunkelt nach
Deutschland
dein goldenes Haar Margarete
Dein aschenes Haar Sulamith

wir schaufeln ein Grab in den
Lüften da liegt man nicht eng

Er ruft stecht tiefer ins Erdreich ihr
einen ihr anderen singet und spielt
er greift nach dem Eisen im Gurt
er schwingts seine Augen sind
blau
stecht tiefer den Spaten ihr einen
ihr anderen spielt weiter zum Tanz
auf

Schwarze Milch der Frühe wir
trinken dich nachts
wir trinken dich mittags und
morgens trinken wir dich abends

wir trinken und trinken
ein Mann wohnt im Haus dein
goldenes Haar Margarete
dein aschenes Haar Sulamith er
spielt mit den Schlangen

Er ruft spielt süßer den Tod der
Tod ist ein Meister
aus Deutschland
er ruft streicht dunkler die Geigen
dann steigt ihr als Rauch in die
Luft
dann habt ihr ein Grab in den
Wolken da liegt man nicht eng

Schwarze Milch der Frühe wir
trinken dich nachts
wir trinken dich mittags der Tod
ist ein Meister aus Deutschland
wir trinken dich abends und
morgens wir trinken und trinken
der Tod ist ein Meister aus
Deutschland sein Auge ist blau
er trifft dich mit bleierner Kugel er
trifft dich genau
er hetzt seine Rüden auf uns er
schenkt uns ein Grab in der Luft
er spielt mit den Schlangen und

träumet der Tod ist ein Meister
aus
Deutschland

dein goldenes Haar Margarete
dein aschenes Haar Sulamith


Paul Celan

Ein Dach über dem Kopf war sehr wichtig, sogar essenziell. Gemeinhin wurde darunter eine Wohnung oder ein Zimmer verstanden, „die eigenen vier Wände", vier Wände und eine Decke. Aber seit dem Missbrauch konnte sie keine Mauern mehr als Schutz empfinden.

Sie bezahlte schon jahrzehntelang Miete, lief aber trotzdem draußen herum, um sich zu schützen, obwohl auch von der sie umgebenden Menge eine Bedrohung ausging, von den Männern, den Frauen, Kindern. Diese vermeintliche Sicherheit akzeptierte sie. Sie hielt sich deshalb den ganzen Tag, bis es dunkelte, in der Öffentlichkeit auf. Sobald sich der erste Sonnenstrahl zeigte, kroch sie aus den Federn. Die HausbewohnerInnen waren sich im unklaren darüber, ob sie noch da wohnte, wo sie immer schon gewohnt hatte, denn sie schlich sich hinaus und hinein zu Zeiten, zu denen sie niemandem begegnete, dann schloss sie die Tür ab, lebte im Dunkeln, sie machte kein Licht, bloß nicht gesehen werden, denn es schien ihr, als könnte die sie umgebende Nachbarschaft sie durch die Wände hindurch verfolgen.

Ihr Schlafvermögen hatte nachgelassen. Alle zwei Stunden erwachte sie, erhob sich und geisterte durch die dunkle Wohnung, in der verstörende Dinge passierten und immer wieder passierten, denn die Erinnerung ließ nicht locker. Ihr Gedächtnis war wie ein Raum, in dem sie aufgewachsen war, das gemäß ihrer Entwicklung Gestalt annahm. Wie sollte sie diesen Raum verändern oder gar aus ihm ausziehen? Ein Gedächtnis ließ sich nicht so ohne weiteres löschen, wenn überhaupt, dann nur durch eine verflixte und verdammte Krankheit wie zum Beispiel Alzheimer. Manche ließen den Raum, den das Gedächtnis darstellte, mit Alkohol volllaufen, ertränkten, was darinnen war oder sie nahmen Tabletten, die alles in einen trüben Zustand eintauchten, in dem sie nichts mehr klar erkannten. Sie war mit ihrem Gedächtnis unausrottbar verbunden, wollte sie nicht zu Rauschmitteln greifen, die sie betäubten.

Die Bedrohung von innerhalb nahm sie mit nach außerhalb. Die Furcht vor den Leuten innerhalb, in ihr selbst, die in sie hineingeraten waren, gewaltsam in sie eingedrungen waren, übertrug sie auf die Leute außerhalb, dennoch fühlte sie draußen in der Menge einen gewissen Schutz, sie hoffte, dass es draußen in der Menge nicht so ohne weiteres passierte, aber sicher war sie sich natürlich nicht. Die Gewalt brach überall aus.

Sie suchte panisch ihre Schlaftabletten, sie wusste genau, dass sie sie in die hinterste Ecke eines Schranks weggeräumt hatte, um sich nicht sofort umzubringen, sondern es langsam angehen zu lassen. Doch sie war in Bedrängnis geraten. Sie raufte sich die Haare, obwohl sie den Zweifel kannte, schon immer den Zweifel in sich hegte. Es war problematisch. Nun suchte sie sie, ihre schneeweißen und runden Schlaftabletten. Sie wollte sich in einen Schrank einschließen, wenn sie sie gefunden hätte, dort Pille für Pille schlucken, bis sie einschlafen würde. Sie wollte es machen wie in dem Film „Sag, dass du mich liebst!", den sie vor langem gesehen hatte. In dem Film schloss sich die Frau, eine Radio Moderatorin, mit einer Schallplatte, die sie an ihre Mutter erinnerte, in einem Schrank ein. Sie hatte ihre Mutter verloren, weil diese sie weggegeben hatte. In dem engen Kabuff trauerte sie, weinte und schluchzte, sehnte sich nach ihrer Mutter, die eine neue Familie ohne sie gegründet hatte. Es war ein französischer Film mit Karin Viard in der Hauptrolle. Genauso wollte sie sterben, sich in einen Schrank einschließen, sich ihrer Verzweiflung überlassen und nie mehr aufwachen.

Aber warum fand sie diese Scheißpillen nicht?! Denn sie wollte doch genau in diesem Moment sterben! Es war ihr unmöglich nochmal auf die Straße zu gehen, die Wohnungstür aufzuschließen, den Nachbarn zu begegnen, die Treppen hinunter zu laufen, sich der Gefahr auszusetzen, dass sich auf jeder Etage eine Wohnungstür öffnete, ein grinsendes, schadenfrohes Gesicht sie durchdringend anblickte und womöglich sagte: "Ach, ich muss auch in die Richtung, da können wir ja zusammen gehen…". War es nicht so gewesen, dass Karin Viard sogar die Musik, die ihre Mutter so gerne gehört hatte, in dem Kabuff hörte? Welche Musik könnte sie mit in den Schrank nehmen? Da müsste sie kramen. Aber sie könnte nicht gleichzeitig nach einer CD suchen und nach den Schlaftabletten. Sie musste sich entscheiden oder eins nach dem anderen erledigen. Sie konnte doch unmöglich Thomas Stankos „lontano" mitnehmen oder Borochovs „blue nights" oder Beethovens Sonate für Klavier und Violoncello A-Dur op 69. Die passten doch nicht ins Kabuff.

„Sag, dass du mich liebst!" bat die Darstellerin im Film eindringlich ihre Mutter, die sie gefunden hatte und an deren Krankenhausbett sie stand. Ihr war, als wenn sie sie geradezu zwang, es zu sagen, obwohl sie ja Fremde füreinander waren.

Es klingelte. Es klingelte? Nein wieso, es gab keinen Grund, dass jemand klingelte. Das war ungewöhnlich, das war mehr als ungewöhnlich, das war nie vorgekommen, niemals, soweit sie sich erinnern konnte. Wie weit an Zurückliegendes konnte sie sich denn noch erinnern, bitteschön? Darüber dachte sie besser nicht nach, denn würde das Nachdenken darüber etwas ergeben? Sie konnte sich schließlich täuschen und ihr Erinnerungsvermögen auf einen Zeitpunkt zurückdatieren, der nicht der Wahrheit entsprach. Wer konnte das schon prüfen? Hieß das nicht „verifizieren"? Auch darüber hatte sie keine Gewissheit mehr. Sie lebte im Ungewissen, das war ihr Terrain. In ihrer Ungewissheit waren die Wände porös, weshalb die Nachbarn mithörten und sie die Nachbarn überwachte, indem sie ihnen durch die porösen Wände zuhörte. Würde der Schrank dichthalten, in dem sie sich einschließen würde? Wer sagte ihr, dass seine Wände nicht auch porös waren. Und woher wüsste sie, ob nicht sogar ein Nachbar, eine Nachbarin durch ein poröses Loch in ihre Wohnung gekommen war, um im Schrank eine Kamera und ein Mikrofon zu installieren. Er oder sie konnte vermutlich Gedanken lesen und hatte sie dabei erwischt, dass sie sich im Schrank umbringen wollte. Sie müsste sich etwas Neues überlegen, und das müsste sie dann so spontan umsetzen, dass der Nachbar, die Nachbarin nicht hinterherkäme. Er oder sie käme erst dann, wenn es zu spät wäre. Ha ha, sie hätte ihn oder sie überlistet.

Es ekelte sie vor ihm. Er war ein alter Sack, der herumseiberte, immer den Mund offen hatte und die Unterlippe herunterhängen ließ. Er schlurfte in seinen Hausschuhen im Treppenhaus herum und schimpfte sich die Seele aus dem Leib. So ein alter Esel. Was hatte der auf dem Kerbholz? Er hatte wahrhaftig einmal auf ihre Fußmatte gespuckt, denn er war schwerhörig und hatte nicht gehört, dass sie die Treppe heraufkam. „Pfui Teufel!" sagte er gerade, als er sich umdrehte und sie erblickte. „Sie sind des Teufels!", sagte er wild gestikulierend und verschwand in seiner Wohnung, die gegenüber lag und dessen Wohnungstür er offen gelassen hatte. Sie war vom Treppensteigen erschöpft und musste erstmal Luft holen, aber zu einer Antwort wäre sie sowieso nicht fähig gewesen, denn sie ekelte sich vor ihm.

Und jetzt, da es geklingelt hatte, wer konnte ihr versichern, dass es nicht dieser alte, fiese Sack war, der immer noch glaubte, jungen Frauen den Kopf verdrehen zu können und sie einfach anlaberte, wenn sie an ihm vorbeigingen. Er versuchte immer, möglichst dicht an sie heranzukommen, sie sogar im Gedränge anzustoßen und sein fieses Lächeln aufzusetzen. Er glaubte, die jungen Frauen und Mädchen ließen sich immer noch anmachen von ihm, der Seibertüte, der in ein Altersheim gehörte, wenn nicht sogar in ein Pflegeheim. Ja, sie konnte auch gemein sein…

Der Klingler klingelte penetrant und fortdauernd. Das müsste doch etwas Dringliches sein. Wenn nun jemand die Polizei rief, weil sie nicht aufmachte. Aber es stank doch noch gar nicht im Hausflur! Sie war doch noch nicht verwest! Da musste ein anderer Grund vorliegen. Am besten, sie reagierte nicht. Sie konnte doch auf Toilette sein, unter der Dusche, auswärts, da gab es viele Möglichkeiten, wohin sie verschwunden sein könnte. Wenn sie nun durch den Gucker sah? Aber immer just dann war die Person gerade verschwunden, und das Klingeln hörte auf. Jemand schien sie ärgern zu wollen. Vielleicht war es die Frau mit den zwei Hunden, die unter ihr wohnte und ihr alle Nase lang leere Bonbon

Papiere in ihren Briefkasten warf oder es war ihr Mann oder beide. Sie wollten ihr auf diese Weise mitteilen, dass sie ausgelutscht war wie ein leeres Bonbon Papier. Nach einem halben Jahr kamen die benutzten Tempotaschentücher. Das warf sie dann der Hunde Frau zurück in den Briefkasten, da hörte sie auf damit.

Jemand schob drei Zettel unter die Tür. Sie las: „Hallo Sonnenschein", „Sie sehen glücklich aus!", „Hallo Liebling". Wer hatte denn das geschrieben? Die Handschrift sah krakelig aus, tendierte in alle Richtungen und hielt die Linie nicht, auch der Druck war mal stark, mal sanft, mal fiel er aus. Sie warf die Zettel in den Papierkorb, aber dachte doch darüber nach, wer als AbsenderIn in Frage käme. Jetzt wollte man sie auf die andere Tour auslöschen. Sie dachte da an jemanden, der sehr verkatert aussah. Tiefe Augenringe prägten sein Gesicht. Die harte, schwarzrandige Brille konnte das kaum kaschieren. Eine wolllüstige Unterlippe, die er nicht mehr kontrollieren konnte, zitterte. Was wollte der Kerl, der stets in einem langen, dunklen Mantel eingehüllt war. Wie ein Penner sah er aus, wenngleich er dicke Ohrringe und goldene Ringe an den Händen trug. War der bekloppt? Sein weißes Hemd rettete den auch nicht mehr. Wollte der sie anmachen? Sie holte die Zettel wieder aus dem Papierkorb. Sie musste dazu etwas wühlen, denn sie hatte kürzlich mehrere französische Zeitungsartikel entsorgt, weil sie sie doch nicht mehr lesen würde, sie wollte ja sterben und suchte ihre Schlaftabletten. Beim ersten Lesen hatte sie eine Reihe von Vokabeln übersetzt und an den Rand geschrieben. Den Artikel allerdings über Irène Némirovsky und ihr Verhältnis zum Judentum hatte sie aufbewahrt und in das Buch „Suite francaise" gesteckt. Ein bisschen was konnte man ja noch zurücklassen, wenn man starb. Sie fand einen Artikel über Simone Veil „L'hommage de la Republique à Simone Veil. L'ancienne ministre reposera au Panthéon avec son epoux", einen über „La Servante écarlate", dem Buch von Margaret Atwood, einen über Thomas Bernhard, „la Volte-face", einen über die Novellen der Amerikanerin Arlene Heymann „Tard dans la vie, l'amour" (la vie sexuelle de septuagénaires) …über das sexuelle Leben der Siebzigjährigen und der noch älteren, „Spät im Leben, die Liebe".

Was war ihr noch an diesem Kerl aufgefallen? Seine Halskette mit einem gebogenen Elfenbeinzahn als Anhänger. Er sah nicht unsympathisch aus, das konnte sie nicht sagen, aber zu aufdringlich mit seinen Blicken. Sollte er sie beobachtet haben, ihr gefolgt sein, ihre Adresse ausfindig gemacht haben? Aber ihren Namen? Wie konnte er den herausgefunden haben? Nein, er konnte es nicht gewesen sein, es musste ein Hausbewohner sein. Sie hielt einen der Zettel wieder in den Händen und las jetzt auch die zweite Hälfte. Er hatte geschrieben: „du siehst glücklich aus, nicht kaputt!" Wenn der wüsste! Jetzt zerriss sie den Zettel in kleine Schnipsel. Es war doch so, wenn sie vor die Haustür trat, nach draußen ging, so setzte sie eine Maske auf. Sie konnte sich allerdings nicht vorstellen, dass dieses falsche Gesicht Glück ausstrahlte. Vielmehr hetzte sie dem doch ihr Leben lang hinterher, und es hatte nicht geklappt, weshalb sie doch sterben wollte, um sich selbst, die Unglückliche, die Kaputte nicht mehr ertragen zu müssen. Gerade wollte sie sich wieder auf ihre Tablettensuche konzentrieren, als ein Dauerklingeln sie aufschreckte. Mein Gott nochmal, waren die Menschen denn von allen guten Geistern verlassen, um einem das anzutun? Sie überlegte, dass es das Beste wäre, die Klingel abzustellen. Wie machte sie das? Da passierte es. Jemand schlug die Scheibe ihrer Wohnungstür ein. Sie hatte noch eine alte Tür mit zwei länglichen, milchigen Glasscheiben und darüber vier kleine, quadratische. Ist denn der nicht mehr zu retten? Oder die, denn es könnte sogar die Hunde-Frau gewesen sein, die war doch zu allem fähig. Sie hantierte sowieso immer im Treppenhaus herum, um auf Nachbarn zu treffen, die sie ins Gespräch ziehen konnte, um über andere zu lästern und ihnen übel nachzureden. Aber ihre Tür war von innen abgeschlossen und der Schlüssel abgezogen, also konnte die Person nicht durch das eingeschlagene Fenster greifen, um die Tür zu öffnen. Sie hörte jemanden die Treppen hinunter gehen. Vorsichtig schlich sie zur Tür, um das Loch abzutasten. Aber sie fühlte nichts. Sie wiederholte es, tastete alle Scheiben ab. Nichts. Kein Loch. Das war doch wunderlich. Es konnte sich also nur so verhalten, dass jemand vor ihrer Tür einen Scherbenhaufen verursacht hatte, jemand hatte absichtlich eine alte Vase fallen gelassen oder ein großes Glas oder sonst etwas und hoffte, dass sie in die Scherben treten und sich verletzten würde, wenn sie ihre Wohnung verließ. Aber da hatte sich diese böse Person geirrt, denn sie wollte niemals mehr vor die Tür treten, sondern sterben, sobald sie ihre weißen Schlaftabletten gefunden hätte. In ihrer Verwirrung überlegte sie, ob sie jemanden anrufen sollte. Aber wen? Sie hatte keine

Telefonnummern mehr. Sie hatte alle entsorgt, denn sie wollte doch Schluss machen und nicht etwa Kontakt aufnehmen. Ihr fiel noch nicht einmal ein Name ein. Das musste lange her gewesen sein, dass sie telefoniert hatte. Was sollte das auch, körperlose Stimmen, die im Kanal hin und her rauschten. Was für eine blöde Erfindung. Trotzdem nahm sie den Hörer ab. Sie könnte ja so tun, als ob, sie hörte dem Freizeichen zu. Lang gezogene Töne mit Pausen dazwischen, die geeignet waren, im Geiste abzuschweifen, zu vergessen, dass sie telefonieren wollte und mit wem, die sie bis ans andere Ende der Welt wegtragen konnten. Sie wartete auf die Stimme, die sich melden würde und gleichzeitig bereitete sie sich darauf vor, dass sich die Stimme nicht manifestierte, hoffte es vielleicht sogar. Gott sei Dank hatte sie keine Telefonnummern mehr. Sie hatte willkürlich gewählt und niemand war da. „Niemand", sagte sie. Ihr wurde schwindelig, denn sie hatte das Gefühl, überlastet zu sein. Es hatte sich so viel ereignet, sie musste sich setzen. Hoffentlich ging das Martyrium nicht weiter, bevor sie ihre Tabletten gefunden hatte. Doch sie wurde nicht geschont, denn sie hörte, dass in ihren Briefkasten, der von innen an der Wohnungstür angebracht war, ein hölzerner Kasten, etwas gefallen war. Sie erhob sich, schob das Brett nach oben, entnahm ihm schneeweißes Marzipan. Da war sie sich ganz sicher, von wem das war. Ihr wurde schlecht beim Ansehen. Ekelhaft, und doch schaffte sie es nicht, es wegzuwerfen, sondern fraß es geradezu in einem Rutsch auf, damit es weg wäre. Natürlich wurde ihr schlecht und während sie über dem Waschbecken hing, dachte sie an die Person, die gerne Marzipan verschenkte, denn es war nicht das erste Mal, dass sie ihr Marzipan schenkte. Wahrscheinlich war es diese Person, die auf den Klingelknopf gedrückt und den Finger einfach nicht mehr runtergenommen hatte, nur, um ihr dieses vor weißem Zucker strotzende Marzipan zu schenken. Sie ärgerte sich aber vor allem, dass sie es gegessen hatte und ihr jetzt schlecht war.

Sie kniete nieder, um ihre Tabletten unter dem Sofa zu suchen. Das schien ihr absurd, aber irgendwo mussten sie ja sein. Vielleicht waren sie ihr runtergefallen und dabei unters Sofa gekullert oder unters Bett, sie würde überall suchen, jedoch musste sie das aufschieben, denn sie bekam plötzlich einen Hustenanfall, der ihr durch Mark und Bein ging, weil er nicht enden wollte, sie krümmte sich und blieb dann einfach auf dem Boden liegen, wo sie sich lang auf ihrem Rücken ausstreckte und vor Erschöpfung einschlief.

Als sie erwachte, spürte sie ein tiefes Loch in ihrem Magen, sie hatte tierischen Hunger. Während sie sich erhob, fiel ihr ein Kiosk ein, der Tag und Nacht geöffnet hatte und fast alles an Essen vorrätig hielt. Es war drei Uhr nachts. Genau richtig für sie, denn dann wurde sie von der Nachbarschaft nicht gesehen, es sei denn, jemand würde wie sie das Bedürfnis haben, unerkannt das Haus zu verlassen. Aus dem Kiosk nahm sie eine Zeitung mit, die Nachtausgabe, ein bisschen Obst, Käse, Brot und Studentenfutter. Zwei Tüten schleppte sie mit nach Hause. Das war viel dafür, dass sie sich umbringen wollte. Aber wann würde das sein, denn sie hatte ihre Tabletten immer noch nicht gefunden und wusste ja nicht im voraus, wann sie sie entdecken würde. Hatte sie sie in einer Kaffeedose gesammelt? Unterwegs kamen ihr verschiedene Ideen, wo sie ihre Schlaftabletten versteckt haben könnte. Warum hatte sie sie überhaupt versteckt? Hatte sie etwa die Befürchtung, man würde sie ihr wegnehmen wie alles andere? Wer sollte daran ein Interesse haben? Das wusste sie noch nicht, aber es gab genügend Leute, die ihr Arges wollten, sie entmachten, sie ausziehen wollten bis aufs Blut, das in die Erde sickerte. Sie wollte diesem jemand oder sogar dieser Horde zuvorkommen, lieber Hand an sich selber legen, als dass die Mörder dazu in der Lage wären. Sie war zu Hause angekommen und fand ihre Gedanken sehr anstrengend. Nachdenklich setzte sie sich in den Regiestuhl ohne vorher die Lebensmittel auszupacken. Sie war von einem Gedanken völlig überrascht worden, den sie bereits wahrnahm, als sie aus ihrem Tiefschlaf der vergangenen Nacht erwachte, als habe sie ihn mit in die Welt gebracht, in das oberirdische Zuhause. Es war ein verwirrender, verstörender Gedanke, wenn nicht gar ein Gefühl, dass sie zu befreien schien. Aber sie wollte den Mund nicht zu voll nehmen. In der Tat hatte sie sich die Frage gestellt, ja diese lag mit dem Erwachen für sie bereit, ob sie nicht ihren Vater falsch gesehen hatte, als sie ihn als Mörder ihres Ichs darstellte und in diesem Glauben lebte, ja sogar, dass dieser Glaube sie nötigte, sich selbst umzubringen. Das erschien ihr wie eine neue Perspektive. Ihren Vater neu sehen. Ihren Vater nicht als Mörder sehen. Ihren Vater als harmlosen Mann mit Macken sehen, mit Wut und Zornesausbrüchen, die ihr als Kind und Jugendliche fürchterliche Angst einflößten und ihn zum Monster stempelten. Jetzt musste sie zugeben, dass es normal, zumindest halbwegs normal war, wütend zu werden. Natürlich, aber bei ihrem Vater war der blitzende Zorn in seinen Augen hinzugekommen, der, wie ihr schien, weißen Schaum in die Ecken seines Mundes trieb, der Beschimpfungen ausstieß, die sie nicht verstand, weil sie sich selbst als unschuldig empfand und meinte, ein Bollwerk gegen diesen, wie ihr schien, gewalttätigen Mann errichten zu müssen. Sie etablierte damit eine Feindschaft, eine Mauer, denn sie konnte seine überwältigende Art nicht ertragen. Es war aber das Problem, dass sie noch ein unerfahrenes Kind, eine unerfahrene Jugendliche war, die nicht mit allen Wassern gewaschen war, die noch keine Lebenserfahrung hatte, die noch nicht wusste, dass auch Aggressionen zum guten Ton gehörten, dass Menschen sich Luft machen mussten, dass es nicht anging, dass sie immer nur lieb waren. Sie stand auf und bereitete sich einen Tee. Sollte ihr Vater, den sie, die Vatermörderin, als Mörder empfunden hatte, ein harmloser Mann gewesen sein, der sich mit seinen Vor- und Nachteilen durchs Leben schlug und sie schützen wollte vor den Unbilden der Welt, des Lebens? Der jedoch gerade darin versagte, und das hatte sie ihm zutiefst übelgenommen, dass er sie nicht schützen konnte, denn er war offenbar selbst schutzbedürftig und abhängig von seiner Frau, er ordnete sich ihr unter und ließ sie mit ihrer Tochter machen, was sie wollte.

Sie trank einige Schlucke heißen Tee. Ihr Vater würde ihr nichts tun, er war einst ein harmloser Junge gewesen, der seinen Vater verloren hatte, als er selbst erst zwei Jahre alt war, der im Nationalsozialismus mit einem Ortsgruppenleiter als Stiefvater aufwuchs, der als Soldat den Krieg in Russland erlebte, der in den Westen fliehen musste, weil er sich weigerte, die LPG-Auflagen zu erfüllen, weshalb seine Inhaftierung geplant war. Sie hatte den Erfahrungshintergrund des Vaters nicht miterlebt, sondern ihn wie abgeschnitten von seinen Erfahrungen als unaufhörlich arbeitenden Mann wahrgenommen, der plötzlich aufbrausen konnte. Aber das genügte ihr schon, aus Angst vor ihm zu fliehen oder ins Schweigen zu verfallen, denn seine Ansprüche an sie und seine Sichtweisen auf das Leben entsprachen zwar seiner Generation, aber nicht ihrer Generation und nicht ihr im Speziellen, die einen völlig anderen Background besaß, im „goldenen (Käfig)Westen", wie er sagte, aufgewachsen war, wenngleich auch sie die Narben der Flucht, der Trennung von Ost und West in sich trug und wie die hart arbeitende

Mutter von einer Märchenwelt träumte, einem Märchenprinzen, denn ihr Mann konnte ihr wenig von einer Märchenwelt bieten, wie die Mutter meinte, obwohl, bei ihrer Ankunft im Westen schenkte er seiner Frau einen goldenen Ring mit einem größeren Brillanten, was ihn aber nicht hinderte, alsbald fremd zu gehen, wenngleich er von der Liebschaft abließ, nachdem seine Frau beide inflagranti erwischt hatte und ihre Bedingungen stellte.

Sie trank den Tee aus und legte sich unter die Bettdecke, denn sie hatte gerade jetzt im Moment kein Bedürfnis, abermals unter die Möbel zu kriechen, um ihre Schlaftabletten zu suchen. Sie würde jetzt erst einmal ihren Schlaf fortsetzen wollen, aus dem sie um 3.00 Uhr nachts aufgewacht war. Sie war auch zu sehr berührt von ihrer neuen Entdeckung, dass der Vater unschuldig war an ihrem „Tod", wie sie ihre Unfähigkeit zu leben nannte, an ihrem Gefühl von Schutzlosigkeit und Ausgeliefertsein, an ihrer Paranoia, von einem Mörder verfolgt zu werden.

Es hieß, dass man sich vertöchtern, früher verbrüdern, sollte, das wäre der Schlüssel zur Erlösung. Aber nein, wie sollte sie sich mit einem Mörder, einem, den sie dafür hielt, mit dem eigenen Mörder vertöchtern? Der demaskierte Vater, mit dem sie plötzlich aus dem Tiefschlaf aufgewacht war, schien für sie der Weg in die Freiheit zu sein. Zuvor hatte sie sich an den vermeintlichen Mörder gefesselt gefühlt, war auf seine in der Vergangenheit begangenen, angeblich mörderischen Taten fixiert gewesen, aber nun hatte sie ihm und auch sich selbst die Freiheit zurückgegeben. Letztlich konnte sie das auf die ganze Familie anwenden, aber darüber wollte sie in diesem Moment nicht nachdenken, denn sie war immer noch damit beschäftigt, wohin sie ihre feinen, runden, weißen Pillen verschleppt hatte.

Obwohl doch jetzt alles klar war, sie mit ihrem Vater im Reinen war (und auch mit der verbleibenden Familie, mit der es nie eine Aussprache geben würde,), schlich sie mit Ohropax in den Ohren in aller Herrgottsfrühe die Treppen hinunter. Sie hatte panische Angst, dass sich eine Tür öffnete und sie angemacht würde, angeschnauzt, dass man ihr Dinge vorwarf, die sie nie begangen hatte. Das Problem, ihr Problem, setzte sich auf der Straße fort. Einer von den Passanten oder eine Passantin würde sie anmachen, sie aggressiv anreden, es konnte auch in einem Geschäft passieren, in einem Café, denn sie fühlte sich überall ungeschützt. Nach wie vor. Vielleicht war das Gefühl der Schutzlosigkeit überhaupt das Schlimmste, dass sie angegriffen werden konnte, verbal oder auch körperlich.

Sie fuhr immer weit fort, um nicht in ihrer gewohnten Umgebung zu sein, die ihr am gefährlichsten überhaupt schien. Je weiter weg sie sich befand, desto mehr schienen sich die aufgebrachten Gemüter zu beruhigen und auch ihre eigenes Alarmiertsein reduzierte sich, verschwand aber nicht gänzlich, weshalb sich auch die Betrübnis in ihrem Herzen nicht in Sorglosigkeit verwandelte.

Sie lebte in einem Tunnel System, so kam es ihr vor, in dem sie nie das Tageslicht sah, ein helles Licht. Oder war es das Licht Gottes, das ihr fehlte, und hatte sie deshalb das Gefühl, sie wandelte unterirdisch in einem Kanalsystem, in dem es nie taghell wurde? Sie schob die Frage nach Gott beiseite. Sie wollte sich nicht mit ihm auseinandersetzen. Wieso „ihm“, warum nicht eine Frau oder wie das Ying Yang Symbol im Kreis beide vereint? Sie glaubte an das Universum, das war ja auch einfach, an die wunderbare Schöpfung, wie sie sich in einer einzigen Blüte offenbarte, in einem Insekt, einem Tier, einem Menschen. Aber sie konnte nicht glauben, dass ER, ein einzelner Mann, das alles geschaffen haben sollte. Das war zu viel verlangt und wer das glaubte, musste ein Brett vor dem Kopf haben. Von dem Männer Staat des Vatikans, der die Frauen nicht als ebenbürtig ansah, sondern verbannte, ganz zu schweigen.

Da sie keine äußeren, intensiven Kontakte führte, hatte sie das Bedürfnis nach einer inwendigen Beziehung, da lag das Angebot, eine Beziehung mit Gott zu etablieren, verführerisch nahe, denn sie würde sich jederzeit an ihn wenden können, sofern sie diese Beziehung fühlbar herstellen konnte. Genau das verweigerte sie, obwohl sie dazu eine unbändige Lust verspürte, wie ein Kind, das vor Freude kreischend einer geliebten Person in die geöffneten Arme flog. Sie wehrte sich, denn es kam ihr vor wie eine irreale Beziehung, lieber und vorsichtshalber blieb sie in ihrem unterirdischen Tunnel System, den Kanälen, denen sie folgte. Sie steckte in einer endlosen Röhre, spazierte darin herum, hielt den Kopf gesenkt, umgeben von staubgrauem Beton, gebogenen Betonwänden, die sie schützend umgaben. Fühlte sie sich nicht wie in Beton gegossen? Staubgrau mit den fest gezurrten

Strukturen und Gedankengängen? Was sollte ihr dieses endlose Streckenlaufen bringen?

Eingehüllt in ihrem Wintermantel mit Kapuze, dem Rucksack auf dem Rücken, der Schultertasche und den Stoffbeuteln, sie schleppte alles mit sich, weil sie ja doch ankommen wollte in ihrem Café, in dem sie gewohnheitsmäßig ihren Laptop auspackte.

Während sie gesenkten Hauptes im endlos wirkenden Tunnel System entlang trottete, dachte sie wieder an den Vater und seine Zeit im Krieg. Als wenn sie selbst sich im Krieg aufhielt, seine Stationen durchlief, sich in seinen Einsatzgebieten aufhielt, in Polen, in der Ukraine, in Russland, in Tschechien. Sie glaubte nicht, dass der Vater mit Feuer und Flamme dabei war, obwohl sein Stiefvater Ortsgruppenleiter war. Aber er war auch nicht ausdrücklich dagegen, so ihr Eindruck, sondern er verhielt sich pflichtbewusst, tat, was die Obrigkeit von ihm verlangte, vielleicht schenkte er den Parolen eine Zeit lang Glauben. Er hatte sie später mit großer Wut und Eindringlichkeit vom Widerstand gegen die Staatsgewalt abhalten wollen, weil das nur Nachteile brächte und in letzter Konsequenz in den Tod führte. Das war ihm eingebläut worden, und er versuchte, es ihr einzubläuen, was ihm auch gelang, aber wohl deshalb, weil sie nicht zur blindwütigen Radikalität neigte, obwohl sie Verständnis für die 1968er Studenten hatte, für das, was sie kritisierten und auf ihrer Seite war. Es war der Streit zwischen denen, die mit Nazis an den Regierungsspitzen und in den Behörden regieren wollten und denen, die endlich damit Schluss machen wollten.

Aber nun war sie da unten in der Einöde eines Betontunnels und dachte verzweifelt daran, wie Scheiße doch Krieg war, und dass sie doch tatsächlich Angst vor einem neuen Krieg hatte nebst dem Alltagskrieg, der schon da war, den die meisten bereits als qualvoll erlebten. Wenn dann noch der große Krieg zwischen den Ländern hinzukäme, würde sie nicht mehr leben wollen, denn das war doch zu absurd, dass die kleinen Leute immer wieder verbrannt wurden als Kanonenfutter, als Zivilisten oder Soldaten.

Sie war am Ende ihres Systems angekommen, Das Tunnel System war also doch nicht unendlich. Oben angekommen kaufte sie Glühbirnen mit höherer Wattzahl, denn ihre bisherigen gaben ein schummriges Licht ab, das ihr seit längerem aufs Gemüt schlug. Sie verwendete so selten wie es eben ging elektrisches Licht. Schummriges Tageslicht war im Gegensatz zu schummriger elektrischer Beleuchtung in Ordnung.

Sie wartete auf den Bus, über ihr erhob sich ein Vogelschwarm, es waren weiße Tauben, die unentwegt ihre Kreise zogen, sicherlich eine Hundertschaft. Aber warum kreisten sie gerade über diese große Kreuzung, wo doch nebenan der Sternschanzenpark lag. Sie schaute in die Höhe bis ihr Bus kam und sie davon trug. Sie flogen in Gemeinschaft und ungeheuer schnell. Was hatte die Kreuzung an sich? War es hier am hellsten?
 Bevor sie in das Café eintrat, rief sie inkognito jemanden an, mit dem sie vor sehr langer Zeit leiert war, sie wollte nur wissen, ob es ihn noch gab. Für den Anruf war sie in eine Seitenstraße eingebogen, seltsamerweise gab es auf der anderen Straßenseite ein Vogelkonzert in einem Busch, der in einem Vorgarten stand.
Tatsächlich war sein Geschäfts AB immer noch aktiv. Er war um keine Redewendung verlegen gewesen. Hilfsbereit war er nur, wenn er daraus für sich einen Nutzen ziehen konnte, darunter hatte sie insbesondere gelitten. Er sagte einmal über seine Frau, mit der er schon vor langer Zeit

den Bund der Ehe eingegangen war, dass, wenn er beruflich mal stecken bliebe, es nicht gut für ihn liefe, so hätte er ja seine verbeamtete Frau, die sehr gut verdiene.

Er war schadenfroh und berechnend geblieben, genauso wie er nicht hilfsbereit geworden war. Sie hatte ihn vor einem Monat um einen Gefallen ersucht, wenn auch nicht in eigener Angelegenheit. Darauf hatte er nicht reagiert und deshalb wollte sie mit ihrem Anruf erfahren, ob er überhaupt noch lebte und aktiv war. Sehr viel später bekam sie eine „demütigende" Mail von ihm, in der er sie eine „gute Fee" nannte, die ihm einen selbst gebackenen Stollen nach einem Rezept aus seiner Heimat Sachsen vor die Tür gelegt hätte. Er hätte ihre Handschrift erkannt! Er habe den Stollen bereits mit seiner Frau aufgegessen, bevor morgen seine Kinder und Enkelkinder kämen und darüber herfielen. Er schickte seine Kontaktdaten mit der Bemerkung, dass er jetzt eine eigene Email Adresse hätte. Denn bei einem der seltenen Treffen monierte sie, dass er nur eine gemeinsame mit seiner Frau hätte. Er druckste herum und sagte, er könne, sprich dürfe sich keine eigene zulegen. Was für ein Armutszeugnis für ihn, den einstmals den politischen 68er Studenten.

Er hatte eine sie demütigende Vorstellung entworfen: Sie buk ihm einen Stollen, und legte ihn klamm heimlich vor seine Tür, hinter der er mit seiner Frau lebte. Aber genau diese Rolle hatte er ihr immer zugedacht.

Sie dachte an ihren Vater, der ihr auch ungern geholfen hatte. Vielleicht also kein Wunder, aber es tat ihr doch weh.

Als sie die Glühbirnen kaufte, dachte sie kurz daran, sich neue Schlaftabletten zu kaufen, denn neben dem Drogeriemarkt befand sich auch eine Apotheke, in der Gegend sogar mehrere, sie könnte die Runde machen und in jeder Apotheke eine Packung kaufen, dann wäre es nicht auffällig. Aber es beunruhigte sie jetzt doch, dass sie so konkrete Überlegungen anstellte, denn solange sie ihre alten Schlaftabletten suchte, die vielleicht sogar schon abgelaufen waren, war ihr Plan nicht konkret, es war mehr wie eine verstaubte Idee, die sie hervorgeholt hatte. Würde sie tatsächlich auf das Verfallsdatum gucken? Das war doch, wenn sie sie schlucken wollte, schnurz egal. Aber vielleicht ließ mit Verfallsdatum der Wirkstoff nach. Wenn sie sich jetzt tatsächlich neue, weiße Pillen kaufte, so würde sie gleich erstmal auf das Verfallsdatum schauen, und dann könnte sie sich entsprechend

Zeit lassen, wenn also die Schlaftabletten eine Gültigkeit von zwei Jahren hätten, könnte sie sich mit ihrem Vorhaben zwei Jahre Zeit lassen und sie erst kurz vor dem Verfallsdatum schlucken. Damit wären ihr quasi zwei Jahre geschenkt worden. Aber wollte sie denn Leben geschenkt bekommen?

Sie wanderte still und beklommen mit gesenktem Haupt im schummrigen Licht nach Hause. Im Hausflur bediente sie den Lichtschalter nicht, sondern schlich nach oben. Aber dann standen da zwei Frauen, die ihre Wohnungstür nicht öffnen konnten, weil die eine den Schlüssel in der Wohnung gelassen hatte. Sie fummelten mit einer Karte herum, wollten damit den Schnapper in Bewegung setzen, denn abgeschlossen hatten sie nicht. Sie ging mit der einen Frau in die 2. Etage, dort war vor geraumer Zeit ein junger Klempner eingezogen, der bei ihr schon die Gastherme gewartet hatte. Als seine Freundin öffnete, rief die Frau, die unten geblieben war, sie habe es geschafft, die Tür zu öffnen. Sie rannten hinunter, tatsächlich hatte sie mit ihrer Karte den Schnapper in Bewegung zurückdrängen können, und plötzlich war die Tür aufgegangen

Oben angekommen, verriegelte sie ihre Tür. Wenn die beiden jungen Frauen aus dem Erdgeschoss das gemacht hätten, wären sie nicht in ihre Wohnung gekommen, denn das mit der Karte klappte ja nur, weil die Tür nicht abgeschlossen war. Sie legte das Buch auf den Tisch, das sie aus ihrer Manteltasche hervorholte und sie an die dunklen Gänge in ihrem System erinnerten: „Un secret" von Philippe Grimbart. Sie wurde in die dunklen, unterirdischen Kanäle zurückgerufen. Der Autor hatte dasselbe Geburtsjahr wie sie, war Psychoanalytiker und Schriftsteller geworden. In seinem Buch ging es um die verschwiegene Wahrheit, mit der er aufgewachsen war, verschwiegen wurde ihm, dass seine Mutter und sein Vater, Schwager und Schwägerin ihrer einstigen Partner waren, die im Holocaust umkamen genauso wie der Sohn seines Vaters aus erster Ehe. Diese drei tot geschwiegenen Menschen wurden durch das Schweigen nochmal ins Nichts gestoßen. Sie seufzte, legte einen weißen Zettel zwischen die zuletzt gelesenen Seiten und machte sich einen Tee. Während ihre Hände auf dem Henkel des Teekessels lagen, sie darauf wartete, dass das Wasser kochte, dachte sie an ihre verschwundenen Schlaftabletten. Sie sollte sich die neuen kaufen, es wäre in jedem Fall gut, sie in der Wohnung zu haben, denn es war doch nicht sicher, was käme und ob sich die dunkle Geschichte nicht wiederholte.

Ihre Mutter hatte auch vom Verschweigen, von Verschweigungen gelebt, wie sie glaubte, überlebt, denn es bräuchten ja nicht alle alles wissen, und seien es Familienmitglieder. Sie erinnerte sich an ihren Tränensturz, als die Mutter jeglichen jüdischen Menschen verleugnete, sie wüsste überhaupt nicht, was das sei, ein Jude, ob das irgendein Ding sei? Es war doch ein seltsamer Zufall, dass das Haus der Mutter nach ihrem Tod ausgerechnet an einen Juden verkauft wurde, der es nach den Bedürfnissen seiner Familie vollkommen umgestaltete.

Sie traf immer wieder auf Juden wie etwa auf denjenigen, der seit zwei Jahren in Hamburg als Ingenieur arbeitete und dessen Vertrag noch um zwei Jahre verlängert würde. Er lebte mit seiner Frau und drei Kindern in Blankenese und lobte als viel Gereister, der Vergleiche anstellen konnte, Hamburg. Er war geradezu begeistert. Seine Tochter hieß Shalev, aber die Schriftstellerin Zuraya Shalev, von der sie ihm erzählte, war ihm unbekannt, seine Frau jedoch kannte sie und fragte, ob sie auch Schriftstellerin sei? Er war 45 Jahre alt und ein sehr netter, aufgeschlossener Mann. Die Frau wirkte sehr fest, als wenn sie das Zepter in der Hand hätte.

Denise Epstein, die Tochter der in Ausschwitz ermordeten Schriftstellerin Irene Némirovsky, kam ihr in den Sinn, deren Adresse in Toulouse sie immer noch in ihrem Adressbuch, einem Zettelkasten, aufbewahrte. Sie konnte sich nicht entschließen, sie wegzuwerfen, obwohl sie nun schon mehrere Jahre tot war. Denise war gegen das Verschweigen und Vergessen, sie reiste um die Welt, um an ihre Mutter und ihre Bücher zu erinnern. Sie hatte das Gefühl, dass sie ihre Anschrift in Toulouse auf immer in ihrem Zettelkasten behalten würde.

Am Ende des Tunnels sah sie jemanden im hellen Licht stehen. Es war ein Mann in Sommerkleidung, aber sonst konnte sie nicht viel erkennen. Er trug eine Jeans und ein weißes, kurzärmeliges T-Shirt. Er schaute in den Tunnel hinein, ein Tourist wahrscheinlich, der sie nicht wahrnahm. Einheimische waren, so schien es ihr, nicht so neugierig, Dinge zu erfahren, die sie etwas angingen. Sie ließen diese Dinge achtlos liegen und gingen vorüber. Für die, die sich dennoch interessierten, hatten sie nur ein Kopfschütteln, denn das war doch alles so lange her. Warum wühlten die immer noch in dem Mist herum? Es war doch sowieso nicht mehr zu ändern. Die sollten doch im eigenen Interesse lieber nach vorne blicken, in die Zukunft. Unbeliebt waren diejenigen, die ohne Scham behaupteten, dass sie gerade deswegen zurückblickten, um ihre Zukunft zu gestalten. Damit sie wüssten, was sie in Zukunft unterlassen sollten, in welcher Hinsicht sie Vorsicht walten lassen müssten, von „Wehret den Anfängen" sprachen.

Aus ihrer Sicht hatte der Mann am Ausgang des Tunnels recht freundlich ausgesehen, vielleicht hatte sie ihm das auch nur angedichtet, denn die Entfernung ließ keine Gesichtserkennung zu. Er war auch schon wieder verschwunden, aber sie fragte sich, ob er vielleicht noch einmal wiederkäme?

Sie verstand Hannah aus dem Buch „Un Secret", die ihre jüdischen Papiere vorzeigt, obwohl sie neue bekommen hatte, mit denen sie in die „zone libre" hätte gelangen können. Sie wählt stattdessen den Freitod, denn sie hat erfahren, dass ihre Schwägerin und ihr Mann bereits in der zone libre weilen. Da die Liebe der Beiden zueinander offensichtlich für Hannah und allen anderen geworden war, hat sie mit ihrem Sohn zusammen den Tod gewählt, das Konzentrationslager. Vielleicht war es auch als

Bestrafung gedacht, denn ihr Mann liebte seinen, wie er selbst, gestählten Sohn. Weit hergeholt könnte man sogar sagen, dass er und die Schwägerin Tania, die beide Leistungssportler waren, diesbezüglich Nazis repräsentierten, die Hannah und ihren Sohn ihrer Liebe opferten. Warum auch waren ihr Mann nicht mit ihr, Hannah, und ihrem Sohn zusammen in die „zone libre" geflüchtet?

Es erinnerte sie an die Flucht ihrer Eltern, die aus Sicherheitsgründen die Familie getrennt hatten, wie die Mutter sagte. Erst die beiden Eltern, der Vater und die Mutter, ein paar Tage später die beiden Kinder mit der Großmutter. Jedoch wäre es schief gegangen, hätten die Kinder in der DDR bleiben müssen, wären vielleicht adoptiert worden oder in eins der Kinderheime gekommen, die jetzt in den Medien waren wegen ihres äußerst schlechten Umgangs mit den Kindern, die heute Entschädigung forderten.....Sie lastete diese Variante der Flucht der Mutter an, die mal gesagt hatte, dass ihr Mann ihr wichtiger sei als ihre Kinder, denn diese würden ja sowieso aus dem Haus gehen, sie wolle sich lieber an ihren Ehemann halten, der sie nicht verlassen würde, dafür würde sie schon sorgen. Aber selbst wenn die ganze Familie geflohen wäre und entdeckt, hätte es Trennungen gegeben, und es war ja auch noch die Mutter ihres Vaters zu dem Zeitpunkt der Familie zugehörig.

Sie konnte Hannahs Entscheidung verstehen. Denn was hätte sie für ein Leben gehabt? Es wäre ein Martyrium gewesen. Andererseits hat sie sich ermächtigt, auch über Leben und Tod ihres Sohnes zu entscheiden.

Beschämung erfasste sie, denn sie war doch schon im fortgeschrittenem Alter und trotzdem überfielen sie alte Strukturen, Bilder von früher, von damals, von so weit her. Warum war sie so zutiefst niedergeschlagen? Die Lust zum Leben tendierte auf dem Barometer gegen Null, sie saß bewegungsunfähig da, ohnmächtig sich zu erheben, den Kopf in die Hände gelegt, ihre Augen geschlossen. Sie sah sich als neunjähriges Mädchen, das immer noch von der Mutter gewaschen wurde.

Die Mutter hatte die besseren Argumente, überhaupt Argumente, sie hatte ihr ja nur entgegenhalten können, dass sie selbst sich in der Lage sah, sich selber waschen zu können. Aber die Mutter war felsenfest davon überzeugt, dass der Dreck zu stark sei und zu nachhaltig, deshalb stand sie jeden Freitag in der Zinkwanne und wurde von oben bis unten und besonders zwischen den Beinen abgeschrubbt. Währenddessen blickte sie wie gebannt auf das rot leuchtende Feuer im kleinen, quadratischen Fenster des Waschkessels gegenüber der Zinkwanne, in der die Mutter gleichzeitig die schmutzige Wäsche sauber kochte. Aber das Schlimmste vor allem anderen Schlimmen war, dass der Vater sie nackt, entblößt in der Zinkwanne stehen sah, dass sie vor seinem Blick nicht wegrennen konnte, weil ihre Beine im Wasser von der Mutter festgehalten wurden. Die Mutter lachte. Sie war sich der Entblößung sehr wohl bewusst. Sie bot ihre nackte hilf- und wehrlose, dazu noch dreckige Tochter zur Schau an. Wie später jemand anderem. Der Vater kam von der Arbeit und durchquerte die Waschküche. Er hätte auch den Haupteingang benutzen können, aber er ging in den Keller, um dort die Waschküche zu durchqueren und über die Treppen ins Wohngebäude zu gelangen. Beide wollten sie sie nicht bewusst schädigen, aber doch schien ihnen die Situation nicht rechtens, und sie waren entsprechend verlegen, was sie überspielten. Die Mutter saß vor der Tochter in der Hocke und lachte den Vater an, er lachte zurück und sah dann zur entblößten, nackt dastehenden, verzweifelten Tochter. Sah sie ein verlegenes Lächeln? Die Mutter hätte sich aufrichten können, sich vor die Tochter stellen, als die Tür aufging und der Vater eintrat, aber das Kind war Gemeingut, es besaß keine eigene Haut, keinen Körper für sich, der geschützt werden musste.

Jetzt spürte sie dieselbe Scham, sie kroch wieder hoch in ihr, ihr ganzer Körper war beschämt, wieder zur Schau gestellt, obwohl er bekleidet war, fühlte sie die Blicke, die durch die Kleidung hindurch gingen und sich auf ihre nackte Haut legten. Sie wollte sich gerne wieder im Tunnel verstecken, unsichtbar werden, zu einem dunklen Kleiderknäul werden.

Tania aus dem Buch „Un Secret", die Athletin, die von Maxim, inzwischen ihr Ehemann, der selbst ein Athlet war, angehimmelt wurde, bekam eine Hirnblutung, in der Folge konnte sie nicht mehr sprechen, eine Gehbehinderung stellte sich ein und ihre Muskeln bildeten sich zurück. Das aber konnte Maxim nicht ertragen. Er hatte sich in die Athletin verliebt, jetzt aber war sie ein Häufchen Elend. Beide stürzten sich vom Balkon. Es ist schon merkwürdig, denn er hatte ja Hannah, seine erste Frau und Simon, seinen

Sohn, quasi „verlassen", weil er sich für die Leistungssportlerin Tania entflammte, für ihren gestählten Körper. Nun war er nicht mehr wert als der Körper Hannahs. Er beschließt, mit Tania in den Freitod zu gehen, aber lässt sich neben seiner ersten Frau Hannah und dem gemeinsamen Sohn Simon begraben, womit er diesmal Tania, deren Körper verunstaltet ist und nicht funktionsfähig, verlässt, im Vergleich hat Hannah immer noch den besseren Körper für ihn. Meine Güte!"

Warum lag sie selbst nackt und flach im Tunnel auf dem Boden und robbte sich vorwärts? Als wenn nur ihr Bauch den Boden berührte. Eine Haltung, in der man Angst vor einem Feind hat. So könnte sich ihr Vater als Soldat in einem Schützengraben vorwärts gerobbt haben.

Der Film über Änne Burda zog an ihr vorbei, gespielt von Katharina Wackernagel. Der Film war langweilig und doch faszinierend, die Figur holzschnittartig und klischeehaft, überhaupt alles in dem Film, dennoch entfaltet Änne solch eine Kraft, dass sie deswegen dabeiblieb, obwohl sie jeden Moment ausschalten wollte. Man glaubt an ein Märchen, fast an einen Weihnachtsfilm, (Weihnachten war ja auch nur noch 14 Tage entfernt). Sie erlebte zwei Weltkriege, danach der triumphale Aufstieg, trotz erheblicher Konflikte. Es war ein primitiver Film, aber dann doch wieder nicht niveaulos. Es war vor allem die massive Durchsetzungskraft, die ihr ins Auge stach und sie faszinierte.

War sie auf die „schiefe Ebene" gekommen? Denn es beschäftigte sie der Strich auf der Leinwand, der in ihrem letzten Ölbild von links unten nach rechts oben eilte, schnellte wie ein Pfeil, ein roter. Inmitten der ihn umgebenden Farben fiel es ihr nicht auf, erst nachdem sie die CD des polnischen Jazztrompeters Thomas Stanko „lontano" in Händen hielt, dessen Cover, obwohl es eine Meereslandschaft zeigte, die ganz düster daherkam wie in der Dunkelheit, Finsternis versinkend und wie eine abstrakte, dunkle Ölmalerei wirkte, fast wie eine homogene Fläche. Dieses düstere, grünlich schwarze Bild, auf dem kaum etwas wahrzunehmen war, in der Farbe der Finsternis verschwand, hatte seine Wirkung auf sie. Auf einmal schienen ihr all ihre Farben zu viel. Sie hatte schon dunkle Bilder gemalt, sogar schwarze von großem Format, aber hielt das nicht aus und spachtelte mit Weiß gegen das Schwarz an. Das war es, sie konnte die Dunkelheit nicht aushalten, die Trübnis, die Trauer, den Verlust, das Ende, die Sprachlosigkeit, das Schweigen, das Vergessen, das Mörderische, das Grausame, die Hoffnungslosigkeit, den Selbstmord, den Massenmord, die Auslöschung, die Vernichtung.

Sie lechzte nach Farben wie nach Luft, nach Trinkwasser. Würde sie ihr Bild, entsprechend Stankos „lontano" CD Covers, verändern? Würde sie alle Farben wegnehmen, die um diesen Pfeil herumspielten, um sein Gewicht zu verringern? Der Pfeil schoss schnell, er war rot, blutrünstig, wen wollte er treffen, wen wollte sie treffen? Wollte sie jemanden treffen, verletzen oder sogar tödlich treffen?

Verkroch sie sich deshalb in ihr Tunnelsystem, zog sich zurück in die Dunkelheit, kauerte am Boden, den Kopf auf den Knien abgelegt? Wenn sie aufstand, merkte sie, dass ihre Füße an Eisenketten befestigt waren und sie gerade mal einen einzigen Schritt tun konnte. Sie hatte sich ein bodenlanges Büßerkleid angelegt, zottelige, ungepflegte, lange Haare. Als wenn sie schon verurteilt worden wäre. Hatte sie ihren Pfeil schon abgeschossen? Sie konnte sich nicht erinnern, wen sie damit getroffen hätte. Und warum? Sie fühlte sich machtlos. Sogar ihre Erinnerung war machtlos, sie erinnerte sich nicht mehr.

Auf dem Cover von Stankos „lontano", sah sie, wenn auch fast ins Unsichtbare versinkend, eine verlassene Meeres- bzw. Strandlandschaft. Es war ein Unterschied zu einem abstrakten Ölbild, auf dem „nur" eine Farbe zu sehen war wie zum Beispiel bei Mark Rothko.

Der Mann aus dem Internet suchte, aber er suchte nicht sie, obwohl sie seinen Mund wunderschön fand, was sie aber nicht gesagt hatte, denn er suchte eine Frau bis 65 Jahre, danach war Schluss für ihn, dem 64-jährigen. Dennoch hatte er sich mit ihr getroffen, sie erinnerte sich, dass er am Telefon gesagt hatte, die Stimme sei schon mal schön, aber dann kam das Treffen, das ihn desillusionierte, denn er empfand ihr Gespräch zwar als „kurzweilig", aber treffen wollte er sie nicht noch einmal. Für sie war er auch nicht der Mann, den sie sich aufgrund der beiden Fotos vorgestellt hatte, aber trotzdem hätte sie ihn gerne noch einmal getroffen. Andererseits war sie froh, dass er wusste, dass er sie nicht wollte, denn umgekehrt fehlte ihr die Sicherheit.
Wie er selbst sagte, war er „halb gebildet". War auf seinem Realschulabschluss hängen geblieben wie auch auf seiner kaufmännischen Lehre. Musik wurde seine Welt, aber wie er auch da von sich sagte, sei er nur „mittelmäßig" und habe deshalb nicht die Ambition, sich zu vervollkommnen.

Er kam ihr mit seiner Vorliebe für Hüfthalter altmodisch vor, auch seine Sprüche kamen ihr altmodisch vor. Er neigte sogar zu Redewendungen, die viele hier auf dem Portal verwendeten: „Ich spreche in ganzen Sätzen und man muss sich mit mir nicht fremdschämen". Er sei keine „Katalogschönheit", allein das Wort „Katalog" weist auf eine alte Welt hin. Verwunderlich bis befremdlich fand sie in seinem Statement die Aussage, dass er sich eine Frau wünsche, die wie er „nach dem zweiten Weltkrieg geboren" sei. Das stand in seinem neuen Profil, das er sich nach ihrem Kontakt angelegt hatte.

Er lebte alleine, verkehrte jedoch mit alten Kumpels und lebte an einem Ort, an dem er sich nicht zu Hause fühlte, das hatte er mit ihr gemeinsam. Er benutzte seine Wohnung nur zum Schlafen.

Wie sollte ihr neues Bild aussehen? Zuletzt war sie wieder sehr in die Farbe gegangen und Mow. sagte, sie solle die letzten drei Bilder so lassen. Die vielen Farben, das sei sie. Mow. selbst hatte sich in der Gartenlaube einen kreativen Arbeitsplatz eingerichtet, Tisch, ein Stapel Papier, ihre Schreibmaschine, die alte, die nicht alle Buchstaben gleichmäßig druckte, ihren Diaprojektor. „Mal sehen, was passiert", sagt sie. Sie wolle wieder Affirmationen aufschreiben. Es waren einige Dinge im Ungewissen in ihrer Herkunftsfamilie. Ihr Therapeut sagte, sie sollte autoritär auftreten und „stopp" sagen, wenn sie von niedermachenden Gedanken überschwemmt würde. Sie läuft mit Hanteln am Elbstrand entlang, die Treppen zu ihrer Wohnung hinauf und hinunter, das kräftige sie, vorher sei sie zu allen möglichen Ärzten gerannt. Sie solle, riet ihr der Therapeut, das Durchatmen nicht vergessen, um sich mit Sauerstoff zu versorgen. Das beruhigte sie. Sie trinkt einen schwarzen Kaffee und sieht immer noch etwas durchsichtig aus.

Es überraschte sie, dass sie in ihrer Vorstellung auf einer der 40x40 cm Leinwände, Dreiviertel mit einem Mittelbraun bedeckt sah und das untere Drittel mit Schwarz. Sie strebte gemeinhin nach einer hellen Farbgebung, aber ließ sich in ihrer Vorstellung auf diese beiden Farben ein. Sie wollte dann doch noch einen Ausweg suchen, indem sie einen schmalen grünen Streifen zwischen dem Braun und dem Schwarz zog, das zog weitere Spielereien nach sich.

Warum sich nicht mal mit diesen beiden Erdfarben zufriedengeben? Sie würde das Bild umsetzen. Aber wahrscheinlich später übermalen, denn sie konnte sich nicht vorstellen, es dauerhaft aushalten zu können.

Es war unmöglich, sie konnte die beiden schweren Farben nicht auftragen, ihnen so viel, sogar den alleinigen Raum überlassen. Das stimmte sie depressiv, zog sie in die Bewegungslosigkeit, in die Totenstellung. Sie würde die beiden Farben verwenden können, aber mit anderen Farben zusammen.

Sie stellte sich die obere Hälfte in Hellgrau vor. Das reichte nicht als Entlastung. Statt Schwarz stellte sie sich die untere Hälfte in Dunkelgrau vor, aber auch das schien nicht die Lösung zu sein. Sie hatte beobachtet, dass sie gerne eine Linie von links unten nach rechts oben zog. Das tat sie jetzt in Gedanken, eine schwarze Diagonale auf Grau. Sie hatte viele solcher Ideen, aber zuletzt würde sie die Strenge doch nicht aushalten und wurde rund, chaotisch, fragmentarisch. Vielleicht ein Flocken- Bild mit dem Spachtel, dem kleinen, abwechselnd graue und schwarze bzw. hellgraue und dunkelgraue Flocken spachteln, dazwischen mal eine rosa

Flocke. Wenn das mit einer farbigen Flocke beginnt, dann folgten bestimmt weitere.

S. war 27 Jahre alt. Er kam aus dem Senegal. Alle drei Monate wechselte er zwischen Spanien und Deutschland hin und her. Aber in Spanien gäbe es kaum Arbeit. Das erzählte er ihr, als sie aus ihrem Tunnel System für kurze Zeit ausgestiegen war. Am 1. Weihnachtstag öffnete ihr Café erst um 10.00 Uhr. Deshalb ging sie in die Bahnhofshalle zu „Presse und Buch", denn da gab es in der oberen Etage einen Tisch, an dem sie schreiben konnte. Sie packte ihren Laptop aus und drückte auf den Power Knopf, aber er fuhr nicht hoch. das war noch nie passiert. Sie war ratlos, nachdem sie es mehrmals versucht hatte. „Kaputt" sagte sie zu dem schwarzen, jungen Mann, der neben ihr saß mit einem Stuhl zwischen ihnen. Offenbar sollte sie sich ihm zuwenden, mit ihm reden. Denn wäre ihr Laptop wie immer hochgefahren, hätte sie geschrieben wie immer, und sie hätte mit S. kein Wort ausgetauscht. Seine Familie war im Senegal geblieben, Eltern und Geschwister. Er hatte keinen europäischen Pass wie die beiden anderen

in der Wohnung, denn diese hatten Familie in Europa, sie
konnten deswegen den europäischen Pass beantragen und eine Vollzeitarbeitsstelle suchen. Er hatte nur seinen Pass aus dem Senegal, mit dem er ein dreimonatiges Visum bekam. Alle drei Monate wechselte er zwischen Spanien und Deutschland, arbeitete täglich ungefähr zwei Stunden in den Hotels als Zimmermädchen für 2,50€ die Stunde, pro Zimmer hatte er 15 Minuten und musste in dieser Zeit die Bettwäsche wechseln, staubsaugen, die Fliesen im Bad wischen und Sonstiges erledigen.

Könnte er im Senegal mit anderen zusammen ein Start up gründen? Gäbe es dafür Hilfe von nicht staatlichen Organisationen, Initiativen? Gelernt hatte er Schweißer. Könnte er Kunstobjekte herstellen, zusammenschweißen, die er verkaufte?

Oder könnte er gar schreiben und veröffentlichen Als Beispiel schrieb sie ihm auf Französisch auf:
S.

Das ist mein Name

In meinem Geiste lebe ich im Senegal

Aber

Ich lebe in Deutschland

Ich lebe im Senegal in meinem Geiste

Aber

In Deutschland teile ich ein Zimmer mit
Zwei anderen Männern die
In ihrem Geiste im Senegal leben
Aber
Einen europäischen Pass besitzen, weil sie
Verwandte in Europa haben

S.
Das ist mein Name
Meine Familie lebt im Senegal
Deshalb habe ich nur einen senegalesischen Pass
Deshalb
Kann ich nur drei Monate in Deutschland leben
Deshalb lebe ich danach drei Monate in Spanien
In Spanien gibt es wenig Arbeit
Ich
S.
Arbeite in beiden Ländern für täglich 2,50€ die
Stunde
Ich
S.
Bin Zimmermädchen in Deutschland
In
15 Minuten wechsle ich die Bettwäsche
Staubsauge,
Reinige das Bad
wische die Fliesen
…
Ich

S.

Bin gelernter Schweißer

…

Sie schenkte S. eine Kerze mit roter Schleife und Papier zum Schreiben. Er wollte sie wieder treffen. Sie fühlte sich verpflichtet oder hatte Mitleid. In einer Woche würden sie sich wieder treffen. Er stand auf. Er war sichtlich gerührt und wollte sie umarmen. Sie erwiderte die Umarmung, jedoch nur leicht. Zweimal wartete sie auf ihn. Vielleicht hatten sich seine Arbeitstage und Arbeitszeiten geändert.

Im Tunnel war es sehr heiß. Sie glaubte zu explodieren. Nervös kratzte sie sich die Haut auf. Die Welt schien ihr dunkel, als würde eine Glühbirne ausgehen, um bald wieder grell zu leuchten. Sie musste auch annehmen, dass sie es sich einbildete, eine Wahnvorstellung hatte, denn hier unten in ihrem System war es immer dunkel, auch wenn sie sich zuweilen eine Aufhellung herbeiwünschte.

Sie war nervös. Ihr ganzer Körper versagte, forderte plötzlich Aufmerksamkeit. Ihr Fuß streikte, sie humpelte, denn sie konnte nicht auftreten, nur rechts, aber das reichte. In der Nacht brannten ihre Hüften. Das war das erste Mal, dass sie sich nur mit Schmerzen erheben konnte. Ihr Zahn blutete, die Oberarme verweigerten bestimmte Bewegungen. Ihr wurde schwindelig, noch nie hatte ihr Körper an so vielen Stellen gleichzeitig gestreikt. Bisher hatte er sie in Ruhe gelassen, aber nun fing er an, sie zu quälen.

Sie fand hier unten auch selten Ruhe, ein zerrissener kurzer Schlaf plagte sie, in dem sie von dubiosen Gestalten heimgesucht wurde. Kindheitstraumen meldeten sich zurück, Ängste erfüllten sie und griffen an ihre Kehle, so dass sie nach Luft schnappte und dabei zu allem Leidwesen auch noch ihr Kiefer heraussprang. Es war nicht das erste Mal, sie fürchtete diesen Moment, wenn ihr Mund offen und schmerzend stehen blieb. Nach einer Viertelstunde, vielleicht waren es auch zwanzig Minuten, sprang er in seine normale Stellung zurück, nachdem sie alle ihr einfallenden Mundbewegungen ausgeführt hatte, um den Kiefer zu lockern. Das Leben in ihrem unterirdischen Tunnel System war nicht gerade förderlich für ihre Gesundheit, sie beneidete die anderen, die einen Zweitwohnsitz auf dem Land oder an der See hatten. Sie konnten ihren Körper mit frischer Luft versorgen.

Sie fror. Ihre Zähne klapperten. Auch das war das Alter. Die Kälte griff sie an.

Das warme, orangefarbene Tuch, das sie um die Schulter gelegt hatte, war an den Rändern nicht versäumt, sondern die Fäden hingen dicht an dicht herunter. Ein Faden hatte sich gelöst, sie zog ihn heraus, wie wenn es ein Haar von ihr wäre und band darin ihre Weihnachtspost an ihren pensionierten Hausarzt ein. Ein sanft orangefarbener Faden  legte sich um ein Papier mit Blattgold, das an den Seiten hochgeklappt war, weil sie eine transparente Blindenschriftkarte, denn er kannte auch ihren blinden Sohn sehr gut, mit einem eingeprägten Engel hineinlegte, nur fühlbar. Den weichen Faden wickelte sie mehrmals um das kleine Paket und steckte es in einen Briefumschlag, auf den sie eine Briefmarke mit einer roten Weihnachtskugel und der Botschaft „Frohe Weihnachten" klebte. Sie hatten  keinen Kontakt mehr, aber die warme, positive  Erinnerung und der durch Zufall sich gelöst habende Faden, der sie an ein persönliches Haar erinnerte, als sie ihn aus dem Tuch herauszog, die schöne sanfte Farbe und die Weichheit zogen alles weitere nach sich.

Possierlich wie zwei kleine Kätzchen sind die Beiden. Ende vierzig sind sie und seit mehr 12 Monaten zusammen. Hoffentlich geht die Beziehung nicht in die Brüche. Hoffentlich bleibt etwas endgültig erhalten. Aber oft ist die Realität stärker als „hoffentlich". Possierlich wie zwei kleine Katzen sind die Beiden. Sie freut sich und hat Angst um ihr Glück, um den Verlust der Possierlichkeit, um den Verlust der Zärtlichkeit, die sie austauschen, so sanft austauschen ohne einander zu sehen. Beide haben ein erloschenes Augenlicht. Aber ein inneres Licht erfüllt sie. Sie sind zutraulich einer gegenüber dem anderen, sie sind zutraulich wie kleine Kätzchen.

Sie müsste dringend einmal nach Hause, um sich zu waschen. In der Dunkelheit würde sie nicht gesehen. Trotzdem. Sie fürchtete sich, nach Hause zu gehen, in dieses Haus. Dessen Mauern sie nicht schützten, dessen Wände durchsichtig waren. Viele Gesichter schauten sie an, beobachteten sie, weil sie als „merkwürdig" empfunden wurde. „Schaut, da geht sie!" Schaut, da kommt sie!" „Schaut, da schließt sie sich ein!" „Schaut doch, die Vorhänge sind seit langem nicht mehr aufgezogen worden. Sie macht sich und ihre Wohnung dicht! Eine bedauernswerte Person!"

„Sie hat Recht mit ihrer Furcht, denn wir wollen sie aus dem Haus haben. Da sind sich alle einig. Sie ist ein Störfall, ein Störenfried! In jeder Hinsicht! Denn sie ist in allem anders! Sie kleidet sich anders! Sie geht anders! Sie feiert unsere Feste nicht mit! Nicht einmal Weihnachten. Das geht doch nicht. Man muss sich doch benehmen können. In der Fremde anpassen. Aber sie kann das nicht. Sie bleibt immer die Gekränkte. Sie will es ja nicht anders. Sie könnte doch mal auftauen. Mit uns fröhlich sein. Aber sie zieht immer ein Gesicht. Dreinschlagen möchte man manchmal. Ja einige haben richtige Wut auf sie und würden sie gerne kurz und klein schlagen. Sie ist ein rotes Tuch für uns.

Es wird sicher einer von den Nachbarn gewesen sein, der das Schlüsselloch ihrer Wohnungstür verklebt hat und sie mit unflätigem Wortschatz beschmiert hat. Im Internet zieht man auch schon über sie her. Hier müssen eben alle gleich sein. Jedenfalls so in etwa, so plus minus. Sonst geht das Zusammenleben nicht. Wir haben beschlossen, dass sie nicht mit uns zusammenleben will. Sie schleicht sich aus dem Haus, wenn es dunkel ist, sie schleicht sich zurück, wenn es immer noch dunkel ist. Oft bleibt sie tagelang aus. Wir wissen nicht, wo sie ist. Jedenfalls sieht sie dann ruiniert aus, wenn sie zurückkommt, ungewaschene Haare und so. Das hat mal jemand beobachtet, und dieser jemand hat nun beschlossen, ihr einmal nachzugehen. Wir müssen doch wissen, wo sie abbleibt, was sie treibt, denn wir sind doch ein gutes Haus, wir sorgen füreinander bis hin, dass schon mal jemand wütend werden kann, wenn einer, eine nicht pariert. Wir halten uns an alle gemeinhin anerkannten Regeln. Wir sind gespannt, neugierig, von unserem guten Nachbarn zu erfahren, was er über sie herausgefunden hat, wo er sie aufgetrieben hat, ob er sie konfrontiert hat, denn das ist wichtig. Entweder sie ordnet sich unter oder sie verschwindet."

Die Dunkelheit. Sie zitterte.

Sie kroch auf allen Vieren weiter. Und fühlte sich wie ein Schwein, das röchelte und eine Schweinehitze ertrug. Beides gehörte zusammen, und beides erinnerte sie an den Vater. Sie kroch auf allen Vieren, weil ihr die Hüften so weh taten, dass sie nicht aufrecht stehen konnte. Das Problem hatte sie vom Vater, er hatte es ihr vererbt und nicht ihren älteren Geschwistern. Er wollte sicherlich, dass sie seine Schmerzen spürte. Was für ein Quatsch konnte sie doch zurecht fantasieren! Der Vater würde ihr niemals aus Rache, dass sie sich seinen Wünschen nicht unterwarf, solches antun. Diese glühenden

Schmerzen gingen auf Niemandes Konto. Sie robbte sich vorwärts und war doch verblüfft über ihre Gedanken oder sollte sie sagen Gefühle? In dieser Lage kam sie sich wie ein kurzbeiniges Schwein vor, das in seinem Schweinemist grunzte, sogar dabei grinste und versuchte, sich zu seinem Ringelschwanz umzudrehen. Der Vater nannte seine beiden Schweine „Möpper", bevor sie geschlachtet wurden und der Familie auf den Tisch kamen. Jetzt kippte das Schwein auf den Rücken, seine Beinchen in der Luft. Sie dachte an sich als Baby, sie glaubte nicht, dass sie vor Freude diese Haltung eingenommen hatte, denn die Eltern hatten für derlei Freuden absolut keine Zeit, es stand ihnen auch nicht der Sinn danach, sie sahen in dem Baby, das sie war, hauptsächlich eine Sache, die alles andere als liebende Fürsorge und Zärtlichkeiten bedurfte.

Im Schweinestall befand sich gegenüber in dem kleinen Raum eine Werkbank aus Holz. Sie konnte sich zwar nicht erinnern, was der Vater da gewerkelt und repariert haben könnte, aber doch erfuhr die Bank den Respekt des Nachbesitzers, der ihr geschrieben hatte, dass er die Werkbank aufgearbeitet und poliert hätte. Überhaupt hatte er den Stall, der auf dem Rasengrundstück im Garten lag, kuschelig eingerichtet. Das hatte sie noch ihrem Sohn vorgelesen, als sie am 2.

Weihnachtstag oberirdisch mit ihm und seiner Freundin ihren selbst gebackenen Kirsch-Mandel-Kuchen verspeiste.

Ein reißender, ziehender Schmerz beim Bücken, Aufstehen, sogar im Bett tat es tierisch weh, wenn sie sich von der einen Seite auf die andere drehte. Aber nichtsdestotrotz hatte sie sich sage und schreibe im Ausverkauf einen weinroten! Wollmantel gekauft, er war um die Hälfte heruntergesetzt. Sie hatte im Gegenzug ein paar Schuhe zum Tauschtisch gebracht sowie Strumpfhosen, eine Legging und einen Pullover, schon die letzten Tage hatte sie wieder kräftig ausgemistet.

Sollte sie den ganzen Schrott mit nach unten nehmen, in ihr Tunnel System, wollte sie sich da rot einkleiden? Es war doch dort kein Tageslicht und elektrisches schon gar nicht. Also da unten wurde sie von niemandem gesehen, da war sie quasi unsichtbar, aber oben, ja oben konnte sie mit Rot auftrumpfen, wenn sie denn wollte, sie konnte sogar den Mantel wieder zurückbringen. Deswegen ging sie so gut wie gar nicht mehr auf

Flohmärkte, weil sie da nichts zurückbringen konnte.

In der Malerei ersetzte sie oft eine aufgetragene Farbe durch eine andere, das ging mehrere Male so, bis sie mit der Farbgebung zufrieden war, ihren Frieden geschlossen hatte. Dasselbe passierte mit den Vorhängen, sie wurden mehrmals gefärbt, bis ein Farbton herauskam, den sie akzeptierte. Manchmal musste sie Vorhänge und Leinwände entsorgen, wenn das Übermalen und Überfärben zu einer tödlichen Farbe geführt hatte, die Farbe tot war und nichts mehr zu machen war, tot war tot.

Mow. erinnerte sie daran, dass sie mal ihre Fußböden schwarz gestrichen hatte, aber später weiß übermalt und noch später hatte sie alle Böden abgeschliffen, das war geblieben.

Hier unten war sowieso alles einerlei. Hier galt nichts mehr. Nicht einmal mehr ein Zahnersatz, eine Brille, eine neue Hüfte, Krückstöcke, im Grunde könnte sie hier unter Schmerzen verenden, so wie sie wirklich war, so wie das Leben ihr wirklich mitgespielt hatte. Manche sprachen von sich selbst von einem Ersatzteillager. Niemand trug Schuld an ihren Problemen, das hatte sie hier unten gelernt. Oben reagierte sie mit Schuldzuweisungen, jemand musste unbedingt Schuld sein, weil ihr Leben eigentlich unbeschadet hätte verlaufen sollen, dieser Glaube steckte doch dahinter. Aber hier unten endete aller Glaube. Sie hatte eine oberirdische und eine unterirdische Seele, so war es wohl. Sie wusste, dass aller Glitzer und Glamour nur für die Oberwelt bestimmt waren, für die anderen, die sie so sehen sollten, und die von ihr so gesehen werden wollten. Natürlich gab es auch Gestalten, die in einer Zwischenwelt zu leben schienen, sie waren nicht glamourös und auch noch nicht ganz gestorben. Manchmal hielt sie sich selbst in dieser Kategorie auf, marschierte wie ein Zombie auf den Rolltreppen, schwebte mit ihnen nach oben oder nach unten, stumm in einer Reihe mit anderen, die vor ihr oder hinter ihr auf der Rolltreppe standen.

Sie fand den Prager Krimi „die Wasserleiche" interessant, obwohl die Kritik in der FAZ nicht so toll war, aber sie stimmte oft damit nicht überein. Sie fand es interessant und spannend, weil in dem Krimi sozusagen ein Theaterstück stattfand, es wurde von einem zum anderen gesprungen. Durch das Theaterstück wurde es sehr intim und auch die Gruppendynamik gewann an Spannung, sie hing im Raum, wie würde sich der andere verhalten? Wo hatte sie diesen Krimi gesehen?

Oberirdisch? Oder hatte sie im Tunnel davon geträumt?

Gestern bekam sie eine Karte in Dänemark designed mit zwei Smileys darauf, mit einem, der aufstieg und das Smiley-Lächeln zeigte und einem anderen mit nach unten zeigenden Mundwinkeln, der unterging und gerade noch an der unteren Kartengrenze zu sehen war, seine Augen richtete er nach oben zu dem aufsteigenden. Nun, sie sollte sich vielleicht mit dem aufsteigenden, lächelnden Smiley identifizieren und den anderen untergehen lassen. Vielleicht sagte ihr die Karte an, dass sie ihre unterirdische Bleibe aufgeben sollte, um ganz und gar spirituell zu leben. Das wäre eine sehr große Herausforderung, sie wusste nicht zu entscheiden, ob das sinnvoll war, denn das Oberirdische musste doch an das Unterirdische gebunden sein, sonst wäre es ja wie eine Trennung von Unter- und Oberkörper oder sogar von Körper und Kopf. Jedenfalls war das Lächeln eine schöne Erinnerung an die spirituelle Gabe, Gelassenheit zu praktizieren. Schon bekam sie heute Morgen die Möglichkeit, dieses zu tun. Ohne an das spirituelle Smiley zu denken, schrieb sie ihrer Schwester auf WhatsApp wie von selbst: „Nimm es gelassen" mit einem zwinkernden Smiley, denn sie hatte zum „Teilen" einen Wuttext über die nicht enden wollenden Glückwünsche und Vorhaben für das neue Jahr gemailt, wahrscheinlich hatte sie den Text schon von jemandem bekommen und weitergeleitet.

Ihr selbst fehlte die Gelassenheit heute Morgen sich selbst gegenüber, denn die Hüftschmerzen waren trotz der ausgiebigen Dehnungs- und Yoga Übungen nicht wesentlich besser geworden, sie konnte immer noch schlecht gehen. Außerdem war sie, wie schon gestern früh, sehr erregt und wusste nicht warum, als wenn etwas passiert wäre im Oberirdischen, war es aber nicht, das musste im Unterirdischen liegen. Sie konnte auch nicht auf Toilette gehen, was lange nicht vorgefallen war, der Stuhlgang wollte nicht kommen. In der Nacht fielen ihr komische Sachen ein, zum Beispiel Kinderkleidchen von einer Zweijährigen, ihre Mutter mit ihren blonden, gefärbten Dauerwellen und dem dunkelblauen Mantel mit schmalem Pelzkragen, ihren leicht gesenkten Kopf, als wenn sie sich gekränkt fühlte, jemand hatte ihr Vorwürfe gemacht. Aber das interessierte sie wenig, sie hielt an ihrer Version fest, die Kränkung war eher eine Empörung über den Unruhestifter oder die Unruhestifterin in ihrer Weltordnung, die auf jeden Fall, davon war sie felsenfest überzeugt, richtig war.

Als sie die Karte in Dänemark designed nochmal betrachtete, hatte sie plötzlich das Gefühl, sie hätte sie falsch interpretiert, denn sie nahm plötzlich wahr, dass das untere Gesicht einer Frau gehörte, und auch, dass diese rote Haarsträhnen an den Seiten hatte, sowie dass das Gesicht über ihr einem grinsenden Mann gehörte. Sollte sie sich an ihrem Horizont einen Mann vorstellen? Dann wiederum war ihr Eindruck, es handle sich bei ihm um einen Frosch wegen der Maserung und auch wegen der Augen, die außerhalb des Gesichts seitlich am Kopf wuchsen. Die Maserung könnte jedoch auch eine Graslandschaft darstellen.

Was sich wohl die Bekannte, mit der sie nur Grußkontakt hatte und ab und zu ein paar Sätze wechselte, wenn es sich ergab, bei der Karte gedacht hatte, als sie sie für sie aussuchte? Sie hatte auch mit „deine" unterschrieben. Hm?

Am Neujahrstag war in der Früh jedes Café geschlossen, deshalb war sie zum Hauptbahnhof gefahren und dort in die obere Etage. Zum ersten Mal in ihrem Leben betrat sie Mac Donalds und hörte mit an, wie sich einige Schwarze mit dem Thekenpersonal stritten, nach einem lauten und längerem Menetekel beruhigten sich alle. Sie suchte ihren Platz am Fenster, durch das sie hinunter auf die Gleise und Bahnsteige schauen konnte, auf die ankommenden und abfahrenden Züge, auf die wartenden und abfahrenden Reisenden, alle schleppten sie Koffer, die aus ihrer Perspektive fast schon unkenntlich klein wirkten. Sie wunderte sich über die Betriebsamkeit am frühen Morgen, auch hier bei Mac D. waren schon alle Tische besetzt. Nicht wenige Schwarze hielten sich hier auf, und manche legten ihre erschöpften Köpfe auf den Tisch ab und schliefen, so wirkte es, als sie, bevor sie hinausging, die Runde machte.

„Landschaft" hatte ihr geschrieben, dass er in Leipzig aufgewachsen und nach der Wende nach Vorpommern aufs Land gezogen sei, dass er es auch dort im Winter schätze, „und hab auch noch die Tage gern, mit dem Grau und dem Wind, den kahlen Bäumen und dem Nichts, das überall ist bis endlich der erlösende Frühling herbei gesehnt ist". Seine Poetik berührte sie, dieses war das letzte und einmalige Zeichen von ihm.

Es war nur ein Krimi „Ein starkes Team", aber er hatte es mit der Darstellung der alleinlebenden, älteren und alten Menschen in sich, die ohne Anbindung an Nachbarn oder andere Personen lebten und nur mit dem Mann, der von „Essen auf Rädern" kam,  ihnen Mittagessen brachte, hatten sie kurzen Kontakt.

Das war schon psychologisch gut gemacht, nicht mal eben so hoppla hopp. Im Titel kam das Wort „eiskalt" vor. Ob sie deswegen nicht geschlafen hatte? Oder weil die Antibiotika und die Schmerztabletten ihre Wirkung verloren hatten?

Wie meistens floh sie gleich morgens aus dem Haus, um der Leere in ihrer Wohnung zu entrinnen, niemand, der sie ansprach, den sie ansprechen konnte. Zwar war das schon immer so gewesen, aber es wurde immer stärker fühlbar, je älter sie wurde und die Situation aussichtsloser. Wenn sie in ihrem Bunker angekommen war, in ihrem unterirdischen System, den Kanälen und Tunneln, war sie zumindest sicher. Der Beton schützte sie gegen die Herausforderungen der Menschenmassen, gegen das weiche, warme Fleisch, das zudringlich werden wollte, denn sie war eine leichte Beute, ihre Wehrlosigkeit war ihr im Gesicht geschrieben. Bevor sie hinabstieg, spürte sie die milde Luft, so gesehen war ihr Abstieg bedauerlich, denn die milde Luft streichelte sie. Wenn sie nicht in ihrem Bunker leben müsste, würde sie endlos durch die grüne Natur streifen, sich von der Natur, dem Wind und der Luft liebkosen lassen, aber sie musste darauf verzichten, es war zu gefährlich für sie, einem wehrlosen Menschen.

Als sie „Fazit" auf Deutschlandradio Kultur um 23.00 Uhr hörte, dabei schon im Bett liegend, empörte sie doch dieser Gropius vom Bauhaus, der die Wände des Hauses einer irischen Architektin, die besser war als er, weil sie Aspekte in der Verwirklichung ihres Hauses untergebracht hatte, die ihn vor Neid erblassen ließen, mit nackten Frauen bemalte. Die Irin, die ihm das Haus wohl überlassen hatte für einen gewissen Zeitraum, betrat das Haus nie wieder. Warum hat sie die Malereien nicht zerstört? Jetzt sollten sie sogar restauriert werden.

Einer Fotografin, die ebenfalls mit dem Bauhaus in Verbindung stand und dort sehr präzise und sachlich fotografierte, Möbel, Keramik und Gebäude, blieb unbezahlt, sie flüchtete 1939 vor den Nazis nach London, ihr verweigerte Gropius die Rückgabe ihrer Glas Negative. Immer wieder hat sie um die Herausgabe gebeten. So ein gemeiner Kerl.

In diesem Zusammenhang fiel ihr der Maler Kokoschka ein, der Geliebte von Alma Mahler-Werfel, die im Übrigen auch mit Gropius verheiratet war. Er ließ eine naturgetreue, lebensgroße Puppe von Alma herstellen, die er im Garten aufstellte. Mit ihr führte er seine Auseinandersetzungen, bis er ihr eines Tages den Kopf abschlug.

Sie las, dass ein Fußballer von FC Bayern ein goldenes Steak für 2000€ verspeiste und über die Kritik daran so erbost war, dass er und seine Frau unter der Gürtellinie antworteten, aber es reichte ihr schon, dass er sagte, dass die Kritiker für ihn wie Kieselsteine unter seinen (beschuhten) Füßen seien (auf die er drauftritt). Was bedeutet wohl jemandem, der ein Steak für 2000€ isst, eine Geldstrafe, (die ihm sein Verein verpasste)?

Bei einem renommierten Magazin verdienen die Spitzenkräfte 2 ½ Millionen im Jahr, darin ist auch das Gehalt für zwei Jahre, falls sie ihren Job verlieren, wenn sie Mist gebaut haben, etwa Verträge für die Firma abgeschlossen haben, die Millionen Verluste nach sich ziehen oder auch wie jetzt, weil sie einen betrügerischen Reporter und Preisträger nicht genügend kontrolliert hatten, seine Beiträge nachvollzogen, ob alles hieb und stichfest war. Neben ihr saß eine von den bisher 12 gekündigten MitarbeiterInnen, die mit einem Rechtsanwalt und anderen MitarbeiternInnen das Konto des Betrügers auf dem Server öffneten und dort seine Manipulationen feststellten. Aus Telefonaten hatte er zum Beispiel Treffen vor Ort gemacht.

Am dritten Tag wurde es besser mit den Schmerzen. Der tote Zahn hatte sich entzündet. Der Zahnarzt sagte, er habe viel rausgeholt und ein Antibiotikum im Zahn verankert. Das müsste wirken.

Ihr Sohn war in Marburg ins neue Jahr gekommen. In kleinem Grüppchen seien sie Indisch essen gegangen und anschließend hätten sie auf einer Brücke angestoßen, die Sehenden hätten das Feuerwerk bewundert, die Blinden das Feuerwerk gehört.

Heute Morgen im Radio wurde von Charlotte Perkins Gilman „Die gelbe Tapete" vorgestellt, der Text war neu übersetzt und gerade erschienen, das erste Mal erschien er 1892. Eine Frau, die nach der Geburt ihres Kindes an Depressionen leidet und von ihrem Mann in einem Zimmer eingesperrt wird, das soll sie entlasten und beruhigen. Für sie ist es aber Freiheitsberaubung. Sie beschäftigt sich mit der gelben Tapete im Zimmer, projiziert darauf ihre Phantasien und treibt damit dem Wahnsinn entgegen.

Das „Reptil" hatte einen Brief in den Tunnel gesendet, vielmehr unter die Eingangstür geschoben. Er schrieb, dass die Eidechse, sein Lieblingstier sei, und dass sie sich mit ihrer Recherche zu seinem Pseudonym viel Mühe gemacht hätte.

Er spiele Folksongs, Pop, Lieder, er hoffe, dass ihr Zahnarztbesuch nicht zu schmerzhaft gewesen sei. Darauf könnte sie doch antworten, bloß nicht sofort, sie reagierte immer zu schnell und setzte vielleicht die anderen damit unter Druck. Sie würde ihm schreiben, dass ihre Mutter eine silberne oder versilberte Eidechse als Brosche getragen hatte. Offenbar mochte sie dieses Schuppenkriechtier. Sie war im Dorf geboren und groß geworden. Sie hatte viel in der Erde gearbeitet, gesät, geerntet und aus dem, was sie erntete, kochte sie immer ein schmackhaftes Essen. Eine Frau der Erde. So gesehen nimmt es nicht Wunder, dass sie eine Eidechsen-Brosche trug. Allerdings war sie gegen Haustiere und allgemein keine Tierliebhaberin. Wurde ihr die Brosche geschenkt?

Die Eidechse erinnerte sie aber auch an die Geckos, die sie auf Gomera - lang war es her - sah, jedoch selten. Sie waren etwas Besonderes.

Sie hatte ihrem blinden Sohn, der zwischen Hamburg (Wohnung), Berlin (Arbeit) und Marburg (Freundin) fleißig pendelte, eine Bahncard 100 mit Ratenzahlung geschenkt, die Bahn hatte das Geld eingezogen, jedoch den Antrag nicht weiterbearbeitet, schon zur Antragstellung waren sie zum Bahnhof gefahren, gestern also nochmals, sie stellten ihm eine vorläufige aus. Anschließend mit der S-Bahn nach Altona, denn er musste seine Wilhelm Tell Fritz Box austauschen. Die Straße war bald gefunden, alles ging glatt. Danach zur Bank, jedoch waren beide Geldautomaten defekt. Von dort zu ihm, damit er einen Pullover und ein Jeans Hemd, das sie im Ausverkauf erstanden hatte, anprobieren könnte. Weil sie ihm passten und sich für ihn gut anfühlten, brauchte sie sie nicht wieder einpacken und für den Umtausch mitnehmen.

Am nächsten Morgen, nachdem er zur Arbeit nach Berlin gefahren war, putzte sie seine Wohnung. Sie rationierte das Putzen. Jeden Tag ein bisschen, denn es ging ihr nicht mehr so von der Hand wie früher, als sie jünger war.

Sie hörte Hilfeschreie. Wieso schrie hier im Tunnel System jemand um Hilfe? Der Stimme nach zu urteilen, war es eine Frau, eine verlassene Frau, verzweifelt. Aber warum hatte sie sich in dieses unwegsame Labyrinth des Tunnel Systems gestürzt? Oder wurde sie hier ausgesetzt? Zurückgelassen?
Hilfe! Hilfe! Für einen Moment fragte sie sich, ob sie die Stimme nur in ihrem Kopf hörte, denn sie klang wässrig und erinnerte sie an das Buch „Eine blassblaue Frauenhandschrift" von Franz Werfel, auf die Tintenschrift waren Tränen gefallen und verwässerten sie. Sie verwechselte jetzt sicherlich den Inhalt mit dem des Buches von Urs Widmer „Der Geliebte der Mutter". Wenn sie es recht erinnerte, ging es in beiden

Büchern darum, dass die Liebe einer Frau nicht erwidert wurde. Wenn sie die Gelegenheit hätte, müsste sie diese Geschichten nochmals lesen. Wie sollte sie diese um Hilfe schreiende Frau, die so verlassen klang, finden? Sie hatte sich mit ihrer Taschenlampe bereits auf den Weg gemacht. Ihr langer Mantel schlurfte auf dem Boden, sie krümmte ihren Rücken, denn aufrecht konnte sie in diesem engen Tunnel nicht gehen. Sie stolperte über ein Kleidungsstück. Es war ein Kleid, vielleicht Größe 36 oder 38. Bei dieser Kälte ein Kleid? Warum lag es hier? Es war zerrissen. Sie ließ ihre Taschenlampe schweifen, während sie unentwegt den Hilfeschrei hörte. Es konnte nicht nur in ihrem Kopf sein, denn warum dieses Kleid, ihre Taschenlampe leuchtete noch auf weitere Kleidungsstücke. Sie musste sich ausgezogen haben oder wurde ausgezogen, ein Slip lag dort, er war blutig, vielleicht hatte sie ihre Periode. Sie mochte nicht an Schlimmeres denken, dennoch dachte sie daran, dass eine frühere Kollegin ihr erzählt hatte, dass ein Mann, dem sie auf einem kostenpflichtigen Dating Portal eine sehr freundliche Absage geschrieben hatte, erbost antwortete: "Euch Weiber müsste man in einen Sack stecken und in der Elbe versenken!" Das kannte sie auch, zuerst bedankten sie sich für die Ehrlichkeit, um dann zu pöbeln. Aber diese Frau, deren Kleidungsstücke sie hier unten einsammelte, musste Fürchterliches erlebt haben. Vielleicht brauchte sie eine notärztliche Versorgung? Erste Hilfe konnte sie ja leisten, aber mehr nicht. Erst einmal musste sie sie finden. Ihr schien, dass die Hilferufe schwächer wurden. Entweder war sie in die falsche Richtung gegangen oder die Frau hauchte allmählich ihr Leben aus. Sie fühlte kalten Schweiß auf ihrem Körper, obwohl sie den wärmenden, langen Mantel trug. Die Taschenlampe flackerte, da die Batterie zur Neige ging. Ihre Hand zitterte wie ihr ganzer Körper. Sie legte die Taschenlampe auf den Boden, um sich die Ohren zuzuhalten, um den Hilfeschrei, obwohl leiser geworden, nicht mehr zu hören. Aber das nützte nichts. Also, so folgerte sie, waren die Schreie wohl inwendig. Sie setzte sich auf den Boden und stellte die Taschenlampe aus. Sie horchte, ob sie noch die Hilferufe vernahm. Nein, sie hörte sie nicht mehr, und doch hatte sie das Gefühl, sie wären noch aktiv und lägen atmend auf und in ihrer Brust, als wenn jeder Atemzug ein Hilfeschrei wäre. Sie fühlte große Traurigkeit, Schwere und Dunkelheit. Würde sie sich überhaupt noch bewegen können? Sie sackte noch mehr in sich zusammen, als sie die Tränen fühlte.

Es war ihr, als stünde jemand neben ihr. Er hatte sie hochgehoben und wieder hingestellt, als sie klein war. Sie stand wieder auf ihren Beinen. Es war ihr, als stünde dieser jemand neben ihr. Er hielt ihr ein Zeitungsfoto vor die Nase. Sie sah eine ältere Frau in einem langen, dunklen Mantel, die in einer Pariser Straße, mit einer Einkaufstasche in der Hand, entlangging. Neben ihr ging eine junge Frau, deren Schönheit ins Auge sprang. Sie war vielleicht die Tochter. Der gelbe Judenstern war auf dem Mantel der älteren Frau aufgenäht. Sie, die Tunnelfrau, hielt den Atem an und krallte sich am Arm desjenigen, der ihr das Foto hinhielt, fest. Unter dem Bild stand, dass es im Mai 1942 in der Rue de Rivoli aufgenommen wurde. Der Fotograf Andre Zucca, arbeitete für die deutsche Propagandazeitschrift „Signal". Sie drohte wegzusacken, doch der Mann an ihrer Seite hielt sie unter ihren Achseln fest. Sie drehte sich zu ihm, wollte in sein Gesicht sehen, aber sie sah keines, es war nur Dunkelheit um sie und Leere. Scham erfüllte sie, auch unaussprechliche Wut darüber, dass Menschen marginalisiert wurden, dass sie gebrandmarkt, dass sie öffentlich als minderwertig gekennzeichnet wurden, als nicht gleichwertig, als Erniedrigte unter all den anderen durch die Straßen getrieben wurden. Der Mann nahm ihr den gelben Judenstern vom Mantel, der nur noch lose an den Nähfäden hing. Er streifte den Mantel an ihren Schultern hinunter, doch das ließ sie nicht zu, denn ihr wurde bewusst, dass sie nackt war. Der Mann hatte sofort losgelassen. Kurz darauf spürte sie, dass er verschwunden war, sie ließ den Mantel zu Boden sinken. Hatte er die frische Kleidung, die vor ihr lag, mitgebracht? Sie besah sich die Kleidungsstücke, die sie lange nicht mehr getragen hatte und zog sie langsam an. Den Mantel faltete sie sehr ordentlich zusammen. Würde sie in der Welt draußen etwas erkennen? Würde man sie in Ruhe lassen? Würde man sie marginalisieren? Vielleicht würde sie das schon von sich aus tun, denn sie trug die Welt von gestern in sich, die Schuld, die Scham. Andere Katastrophen machten ihr auch Angst, die Waldbrände, die Erdbeben, die Tsunamis, die Kriege, die religiösen und die politischen Fanatiker, die Vertreibungspolitik, der Hass aufeinander usw.. Sollte sie hier unten in ihrem Tunnel System bleiben?

Ihr blinder Sohn hatte seine Sackkarre vom Dachboden geholt, um mit ihr zusammen ein großes Paket vom Paketshop abzuholen. Er kannte diesen Paketshop noch nicht, sonst wäre er alleine los gezogen, einen anderen, näher gelegen, kannte er schon, entweder hatte sie ihm den Weg gezeigt oder er hatte sein GPS benutzt. Sie blieben mehrmals stehen, um das kippelnde, riesige Paket wieder und wieder festzuschnüren, denn die Stellfläche der Sackkarre war klein. Er war sehr stolz auf seine Lebenskunst und wollte es ohne Hilfe nach oben in den vierten Stock mit seiner Karre hochziehen. Sie verabschiedeten sich daher unten vor seiner Haustür. Später erfuhr sie, dass es gut geklappt hatte. Was ist eigentlich drinnen? hatte sie unterwegs gefragt. Eine Liege mit Matratze, sagte er, denn seine Freundin bräuchte viel Platz, deshalb würde er fortan neben dem Bett die Liege aufbauen, wenn sie bei ihm übernachteten und darauf schlafen.

Sie hatte ihnen zwei Theaterkarten für das St. Pauli Theater geschenkt, in dem das Stück „Arsen und Spitzen Häubchen" mit Eva Mattes und Angelika Winkler lief. Denn sie hatte sich erinnert, dass, als er noch in Dublin lebte, sie zu Weihnachten stets in das „Gate Theatre" gingen, einem kleinen, alt eingesessenem Theater, in das die Leute auch mit Einkaufstaschen kamen, wie übrigens auch in die Kirchen. Sie begleitete die beiden nicht ins St. Pauli Theater, obwohl sie es selbst noch nicht kannte, aber die beiden mochten gerne etwas alleine unternehmen und entdecken. Seine Freundin war begeistert, sie habe sich immer wieder bedankt, das sollte er ihr sagen. Er kannte das Stück schon und schrieb auf WhatsApp, dass es ein nettes Theater sei.

Im Tunnel war Bewegung. Sie hatte das Gefühl, er bevölkerte sich. Sie spürte Unruhe. Wenn sie draußen war, hatte sie das Gefühl, es herrsche Krieg, die Menschen waren in einem Kriegszustand eingefroren oder war nur sie in diesem Zustand? Sie hatte schon immer dieses Gefühl, aber in der letzten Zeit war es stärker geworden. Je älter sie wurde, desto mehr trat sie in den Kriegszustand ein. Für die jungen Leute war der Krieg so lange her, dass sie sich ein Kriegsgefühl gar nicht vorstellen konnten. Sie wusste nicht, wer zur Kriegsgesellschaft gehörte, das war nicht sichtbar, so wie früher die Zugehörigkeit bei den Menschen, die ein Hakenkreuz trugen oder einen gelben Judenstern tragen mussten, den rosa Winkel usf.. . Es gab aber ein außerordentliches Erlebnis, das nicht hier und nicht da angesiedelt war, es war ein rhythmischer Tanz, in dem im Takt gesprungen wurde, nach rechts, nach links, in Koordination mit den Armen. Ein Schlaginstrument begleitete das rhythmische Springen und insgesamt fühlte sie Freude dabei. Es erinnerte sie ein bisschen an afrikanische Tänze, wo auch viel gesprungen wurde. Vielleicht war Freude der 3. Zustand. Die Kriegsgesellschaft, die moderne Zivilgesellschaft und die Freude. Die Freude, die alle Grenzen zum Verschwinden brachte, sogar Körper und Geist auflöste, nur das Gefühl von Freiheit und der Freude blieb übrig.

Ihre Zähne klapperten. Es war ihr so kalt, dass sie zunächst das Klappern nicht als Klappern ihrer eigenen Zähne identifizierte. Aber als sie sah, dass ihr ganzer Körper bibberte, war ihr klar, dass es ihre eigenen Zähne waren, vielmehr ihre beiden Teleskop Prothesen. Sie begriff nicht, warum ihr so kalt war, warum sie vor Kälte schlotterte und sie Angst hatte zu erfrieren. Sogar ihre Gedanken schienen ihr gefroren zu sein, denn sie konnte nichts anderes denken als: „Ich friere.". Wie ein stehendes Video Bild, ein Standbild.

Plötzlich hörte sie schreiende Vögel, kreischende. Sie kreischten so vehement, dass sie es durch die Betondecke hindurch hörte. Sie glaubte, dass das ein Zeichen wäre, dass etwas passiert war. Sie mochte nicht daran denken, aber stellte fest, dass sie sich über das Lebenszeichen von draußen freute, obwohl diese Freude sich sogleich eintrübte, denn sie deutete das Gekreische als Bedrohung, als eine Ankündigung des Todes. Wer denn noch?

Die Hilflosigkeit übermannte sie. „übermannte", was für ein Wort! Gab es auch „überfrauen"? Die Sprache war nicht ausgewogen. Sie hatte den Duktus der Männlichkeit, der männlichen Herrschaft über das Weibliche, es sogar zum Verschwinden brachte.

„It's up to you", sagte Sarah zu ihr, weil ihre Stimmung im Keller war, an der tiefsten, dunkelsten Stelle angelangt, vielleicht sollte sie hier immer bleiben, denn sie hatte schon wieder eine Mieterhöhung erhalten, alle 1 ½ Jahre stieg die Miete um 15 %. Der Vermieter sagte, dass sei nur der Inflationsausgleich. Sie hatte das Gefühl, dass sie nicht in Ruhe leben konnte. Der Vermieter wollte sie weghaben. Alle wollten sie weghaben. Das war schon in der Familie so, seit ihrer Geburt, seitdem sie gezeugt worden war, was nicht hätte passieren sollen, d.h. es sollte passieren, aber es sollte ein Junge werden, und deshalb war sie die größte Enttäuschung für die Eltern, besonders für den Vater. Überhaupt, sie hatte sich das Buch von Assia Djebar „nulle part" „dans la maison de mon père", „Im Haus meines Vaters" mitgenommen und las unter der Überschrift „L'enfance serait-elle secret inaudible, poussière de silence?" „Die Kindheit, würde sie ein unhörbares Geheimnis, Staub des Schweigens sein?" Jetzt aber weinte nicht sie, sondern Sarah. Sollte sie jetzt zu ihr sagen: "It's up to you!" ? Nein. Sarah setzte sich schon damit auseinander. Sie hatte Probleme mit einem sie linkenden Arbeitskollegen. Sie weinte nicht schnell. Abends streckte sie mit ihrem Freund die Beine für 20 Minuten in die Luft, damit das Blut wieder zurückfloss, denn sie stand den ganzen Tag hinter der Theke. Während sie die Beine hochhielt, war sie auf facebook aktiv usw..

Unglaublich, aber sie traf plötzlich auf eine andere Kreatur im Tunnel, die bibberte, zitterte, weinte, schluchzte, stammelte: „Ich kann nicht mehr. Ich will nicht mehr. Ich will nie mehr zurück. Ich bin taub. Ich höre niemanden. Es hat langsam angefangen, aber jetzt ist es komplett". Sie sagte ihr, dass das wieder weggehe. Was gekommen sei, würde auch wieder weggehen. Sie sagte es, weil sie überzeugt war, dass die Kleine sie doch hören würde. Auf irgendeine Weise würde sie sie hören. Sie wollte sie gerne trösten. Wenngleich sie selbst der Tröstung bedurfte. Aber die Kleine war noch schlimmer dran. Sie hatte blonde, lockige Haare, die ein schmales Gesicht umhüllten, die Haut ihres Gesichts war transparent. Ihre Finger steckten in schwarzen Handschuhen, deren Fingerkuppen frei lagen. Sie hatte Hoffnung für die Kleine, denn sie war noch so jung, sie müsste deshalb noch einen Ausweg finden. Ob sie ihr würde helfen können, das wusste sie nicht, denn die jungen Menschen waren oftmals klüger als die älteren. Sie wollte aufhören, „die Kleine" zu sagen, denn sie war schon eine junge Frau, jedoch sehr schmal und zierlich.

Die Hoffnung lag zum Greifen nah, nachdem die junge Frau erzählt hatte, dass ihr leiblicher Vater Alkoholiker war wie schon seine Mutter, die jedoch zu den Anonymen Alkoholikern ging. Als diese starb, ging er auch dorthin, sagte, dass er jetzt den Platz seiner Mutter einnehmen wolle.

Die Mutter des Vaters hatte von allen Familienmitgliedern eine neue Handtasche geschenkt bekommen. Bevor sie starb, sei sie im Gegensatz zu sonst auf der für sie falschen Seite aus dem Bett gestiegen, sei ohne Hausschuhe ins Wohnzimmer gegangen und habe dort alle ihre Sachen aus der alten Tasche herausgenommen und in die neue Tasche umgepackt. Danach sei sie gestorben, wahrscheinlich an Herzversagen, die Obduktion stehe noch aus. Sie sagte zu der jungen Frau, dass sie vielleicht kein neues Leben, symbolisiert durch die neue Tasche, mehr beginnen wollte. Das junge Frau erzählte, dass ihr leiblicher Vater es ihr mit seinem Alkohol immer schwer gemacht habe, aber sie möchte ihn nicht fallenlassen, er habe ihr nach dem Tod seiner Mutter Besserung versprochen. Er zog wieder in das Haus seiner Mutter, als sein Vater, ihr Ehemann, gestorben war, das war vor einigen Jahren. Sie weinte, weil sie so viel Angst habe, Familienmitglieder an den Tod zu verlieren. Es sei eine schreckliche Vorstellung, dass jemand von ihren Geschwistern oder ihr Vater oder andere Verwandte sterben müssten. Sie möchte nicht verlassen werden, alleine übrigbleiben. Lieber wolle sie sich verstecken und nichts davon wissen. Im Dunkeln leben, keine Hoffnung mehr pflegen und erleben. Sie fühle sich krank, sie brauche Pflege, aber sie müsse andere pflegen, sich um sie kümmern, damit sie am Leben blieben.

Was für eine Aufgabe hatte dieses Mädchen bzw. die junge Frau zu bewältigen! Sie schweifte in Gedanken ab und dachte an Anna Weiß aus dem Film „Holocaust" von 1979, das jüdische Mädchen, das im Alter von 16 Jahren von drei Deutschen vergewaltigt wurde, woraufhin sie ihre Sprache verlor, sie sprach und kommunizierte nicht mehr. Sie wurde einem Arzt vorgestellt, der riet, sie in eine Spezialklinik zu schicken, die er in hohen Tönen lobte. Sie wurde jedoch dort mit anderen, die auch ein Handicap hatten, bei lebendigem Leibe verbrannt bzw. vergast, der Arzt, ein Nazi, der das wusste, hatte absichtlich so gehandelt. Sie dachte wohl an Anna Weiß, weil sie genauso jung erschien wie dieses Mädchen, wenngleich dieses ja älter war, eben schon eine junge Frau war, die sich in den Tunnel geflüchtet hatte. Eine ihrer frühen Gestaltungsarbeiten kam ihr in den Sinn, in der sich eine Frau in eine unsichtbare Kugel aus transparentem Papier zurückgezogen hatte, aus der nur ein silberner Faden heraushing.

Sie nahm das Mädchen, vielmehr die junge Frau an die Hand. Wie ein kleines Kind schenkte sie ihr Vertrauen und gab ihr ihre Hand. Sie verließen gemeinsam den Ort. Draußen küsste sie ihre Stirn. Das junge Frau sah sie an und lächelte. Sie sah ihr hinterher.

Wenn die Hunde kämen, so dachte sie, müsste sie aus dem Tunnel fliehen. Beißende und bellende Hunde, die von der Sicherheitspolizei hineingejagt wurden. Bei der Sipo, der Sicherheitspolizei, sei ihr Halbbruder gewesen, sagte ihre Mutter, aber dass die auch Juden aus ihren Wohnungen geholt hätten, davon wüsste sie nichts. Sicherheitspolizei hätte ja auch nichts bedeutet, außer dass es sich um normale Polizei gehandelt hätte, die für Sicherheit und Ordnung sorgte.

Es war still, aber doch hörte sie schwach die Kirchenglocken. Demnach musste es 12.00 Uhr sein. In der Nacht hatte sie sich irritiert gefühlt, denn sie dachte, sie alleine sei hier unten. Aber eine Person musste sich noch tiefer als sie in das System eingenistet haben, denn sie hatte eine Dusche gehört. Das hieß, die Person kannte sich besser aus als sie, da sie im Tunnel System noch keine Dusche entdeckt hatte. Auch ging die Toilettenspülung, zwar hörte sie das Geräusch nur dezent wie von weitem, aber es war eben da, wie eine Person da war, offensichtlich. Sie lebte wohl nicht unweit in einem Komfortbunker. Es war unangenehm, eine rumorende Person im System zu wissen.

Wieso lag hier ein Buch über Hexen? Ihre kleine Taschenlampe beleuchtete den Titel des französischen Buches von Mona Chollet, eine „le monde diplomatique" Journalistin: „sorcières", „la puissance invaincue des femmes", die unbesiegte Kraft und Macht der Frauen. Wer hatte denn das Buch hier liegengelassen?

Drei Kategorien von Hexen untersuchte Mona Chollet. 1. Die unabhängige Frau. Die Witwen und die unverheirateten Frauen waren insbesondere im Visier. 2. Die Frau ohne Kind. Die Gesellschaft machte Schluss mit der Macht der Frauen, ihre Fruchtbarkeit in ihre eigene Regie zu nehmen. 3. Die alte Frau, die geworden ist und schon immer ein Objekt des Horrors war. Außerdem habe die Jagd auf Hexen, die Hexenjagd, auch die kriegerische Beziehung gegen die Natur befördert. Es wurde Jagd auf Frauen gemacht. Das stimmte überhaupt, dachte sie, wenn sie an die massenhaften Vergewaltigungen im Krieg und darüber hinaus dachte, sowie an die unendlich vielen sexuellen Missbrauchsfälle.

Sie legte das Buch beiseite. Sie gehörte in die Kategorie der alten Frau, die den Horror darstellte, denn sie selbst sah sich so. Sie hatte vor sich selbst einen Horror und versteckte sich vor der Welt, machte sich unsichtbar hinter

Betonwänden, vergrub sich hinter Betonwänden, mauerte sich ein.

Sie hatte ihre Vorhänge gefärbt. Zunächst grün, hellblau, gelb und rot. Das war zu bunt und zu schwer, vier Stores für ein Fenster. Nochmalige Färbung. Nur rot und grün. Zwei rote Bahnen für ein Zimmer und zwei hellgrüne für das Atelier. Das Rot ist schön, nicht schwer, nicht dunkel. Neben dem Fenster befindet sich eine etwa 1 Meter hohe Heizung, auf der sie meistens ihre neuen Ölbilder stellte, gegenüber stand ihr Schreibtisch, so konnte sie die Malerei Ergebnisse, wirken lassen, beobachten. Aber plötzlich passten ihre letzten Ölmalereien nicht mehr zu den roten Vorhängen. Sie erschrak und stellte eine alte Radierung auf, einen sitzenden Akt, den sie damals sogar in einen goldenen Rahmen, 35 mal 25 cm, gesteckt hatte. Das passte gut. Sie holte weitere Radierungen hervor und auch ihre Zeichnungen.

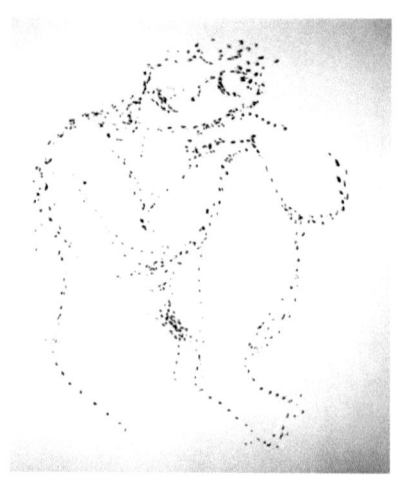

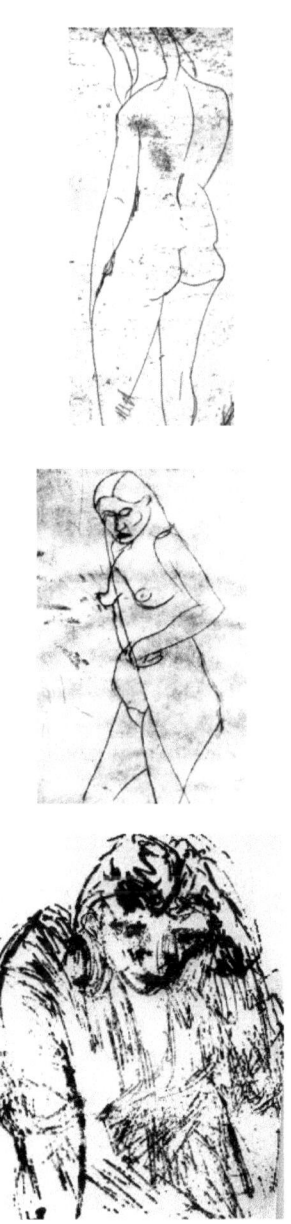

Sie erinnerte sich an die Frau, die ihr für mehrere Radierungen Modell gestanden hatte. Sie lebte jetzt in Sachsen in einer rechten Hochburg, in der die AFD die meisten Anhänger hatte, wo sie das Haus ihrer Eltern übernommen hatte und dessen Zimmer sie an einige Studenten und Studentinnen vermietete. Diese Aufgabe füllte sie aus. Sie hatte sie erst vor zwei Jahren gefragt, ob sie sich ein Bild oder eine Radierung aussuchen wolle. Aber sie sagte, dass sie anderes zu tun hätte. Ihr Sohn jedoch suchte sich eine Radierung aus, jedoch keine, auf der seine Mutter zu sehen war. Wie seltsam, dass sie auf einmal auf frühe Arbeiten zurückkam, ein Kreislauf schloss sich. Damals war sie eine junge Frau, heute war sie eine ältere Frau, um sich selbst zu schonen, sagte sie „ältere" Frau. Überall taten sich Baustellen an ihrem, in ihrem Körper auf. Vor kurzem wrang sie einen nassen Waschlappen aus und mitten in diesem Tun versagte ein Finger seine Tätigkeit, er wurde plötzlich lahm und tat heftig weh. Sie legte eine kurze Pause ein und fuhr dann ganz langsam fort, auf einmal war dann alles wieder beim Alten. Als wenn ihr Körper fortlaufend Warnsignale aussendete. Sie tat es nicht gerne, aber sie hatte sich jetzt doch bei der Gynäkologin und dem Urologen angemeldet, denn sie hatte seit geraumer Zeit hellbraunen Ausfluss, was auf Blut hindeutete.

Sie ersetzte die Radierung auf der Heizung durch eine Zeichnung. Sie überlegte, ob es ein unbekannter Modell-Mann war oder ob sie ihn gekannt hatte. Sie konnte sich nur an einen Bekannten erinnern, den sie in einer Gruppe gezeichnet hatte. Sie wusste es nicht mehr, sie neigte dazu, zu glauben, dass es ein Unbekannter war, aber ein sanfter, er saß auf einem Unterschenkel und das andere Bein stand im Winkel, er stützte seinen Ellbogen darauf, seine Hand führte zum Gesicht, eine neugierige, nachdenkliche Pose. Der Bleistiftstrich war weich. Keine harten Linien. Sein Geschlecht war gut umrissen. Die Zeichnung war vielleicht dreißig mal vierzig und in einem größeren, schmalen, hellen Holzrahmen. Sie verließ die Wohnung. Im Bus schloss sie die Augen und sah die roten Vorhänge. Sie kamen ihr vor wie rote Theatervorhänge, die sich für eine Vorstellung öffneten. Das war eine interessante Idee. Vielleicht würde ihr ein Theaterstück dazu einfallen. Vielleicht saß dieser unbekannte Mann, den sie gezeichnet hatte, nackt auf den dunkel glänzenden, alten Dielen eines Theaters und löste seine Denkerpose auf, um dem Publikum etwas mitzuteilen, vielleicht wollte er erklären, warum er nackt war, warum er sich mit seinem Nacktsein das Geld verdiente, das er zum Studieren brauchte, denn er war Kunststudent, aber warum hatte er ausgerechnet Kunst studieren und machen wollen? Was trieb ihn dazu? Jeder, jede musste für seine, ihre Aufgabe eine Faszination mitbringen, ob GärtnerIn oder KünstlerIn. Sie hörte oft die Radiosendung „Fazit", die „Kultur vom Tage", in der KünstlerInnen vorgestellt wurden, Ausstellungen, Konzerte, Lesungen, Schriftstellerinnen usf.. War die Kunst ein Freiraum? Ein Freiraum zum Denken? Gab es den im Alltag nicht mehr? Zog sich die Schlinge zu? Die alltäglichen, politischen Verhältnisse verschlechterten sich, so schien es ihr, das Gedankengut wurde gesiebt. „Liebe deinen Nächsten wie dich selbst" fiel durch die Maschen des Siebes hindurch. Obenauf blieben Hass, Feindschaft, Ausgrenzung, Rassismus, religiöser und politischer Fanatismus. Fühlte sich die Kunst zwischen allen Stühlen? Man untergrub sie, beobachtete sie von allen Seiten, manche wollten wieder eine politische und reine Kunst, eine Säuberung in der Kunst durchsetzen, womit sich im Ergebnis die Kunst als erledigt ansehen musste. Sie war in dieser fest gelegten Engstirnigkeit nicht mehr gewollt.

„Stella" hier unten? Stella Goldschlag, die „Greiferin"? War sie alleine oder mit der Gestapo zusammen und suchte die Verstecke ab? Warum tat sie das? Sie wurde gezwungen, sie wurde gefoltert! Reicht das als Begründung, um Hunderte Juden der Gestapo zuzuführen, dem Tod. Weil sie so sich selbst und ihre Eltern schützen konnte? Sind wir solche Bestien? Verraten wir unseren besten Freund, unsere beste Freundin, um selbst durchzukommen? Sie hatte in der ZEIT vom 31.1.19 auf Seite 38 im Feuilleton gelesen, dass Stella Goldschlag am 1.7.1956 in einem Brief an den Landgerichtsdirektor Berger schrieb: „Ich möchte eine ähnliche Rolle spielen wie Jesus Christus." Das verstand sie beim besten Willen nicht. Fühlte sie sich verraten, die Hunderte Juden verraten hatte? Fühlte sie sich gar als Erlöserin wie Jesus? Abstrus. Ihr schien, als wenn diese Frau erkrankt war, in einem Wahn lebte? Der Zeitungsartikel erklärte zu wenig, diesen Satz gar nicht. Der

Roman „Stella" von Takis Würger rief bei den Literaturkritikern Ablehnung hervor. Und die Erben möchten den Vertrieb unterbunden wissen. Im ersten Abschnitt des Zeitungsartikels von Micha Brumlik spricht er von „entwürdigende Ausbeutung und Verhöhnung eines NS-Opfers". 49 Jahre nach Kriegsende springt sie im Alter von 72 Jahren aus dem Fenster in den Tod. Sie war fünfmal verheiratet.

Stella hier unten? Sie sah das Zeitungsfoto vor sich, eine Aufnahme von 1957 vor Gericht in West-Berlin. Ganz akkurat angezogen, akkurat auch die Dauerwellen. Akkurat die geschminkten Lippen und akkurat die in großem Schwung gezogenen Augenbrauen. Ihr Ausdruck wirkt so, als wollte sie sagen:

Ich weiß, warum ich so gehandelt habe: Ich war Opfer und wurde unter Folter gezwungen, Täterin zu werden. Aber ich war eine selbstbewusste Täterin. Niemand kann das nachvollziehen, ich weiß, wie mir mitgespielt wurde, welche Demütigungen und Todesandrohungen ich erlitt. Da habe ich mich gerade gemacht, mit den Folterern gemeinsame Sache gemacht, um mein persönliches Leben und das meiner Familie zu retten. Ich werde schweigen, denn niemand würde mich verstehen und mich als unschuldig ansehen.

„Unschuldig", was war das für ein missbrauchtes Wort in jener Zeit und vielleicht immer noch. Sind jemals die vielen Polizisten, die wie Stella Jagd auf Juden machten, vor Gericht gekommen?

Auf dem Zeitungsfoto sieht man einen Zeigefinger, der auf sie zeigt, sie angreift, die dazugehörige Person ist nicht zu sehen. Das ließe sich verallgemeinern. Eine anonym bleibende Allgemeinheit zeigt auf sie. Eine Anklage die sich verselbständigt hat. Es bleibt der Zeigefinger und ihr abgewandter Blick. Sie schaut den Zeigefinger nicht an und auch nicht die dazugehörige Person. Sie lässt die Anklage über sich ergehen, hört mit abgewandtem Blick zu und mit geschlossenen Lippen, sie hat nicht vor zu antworten, etwas zu entgegnen. Sie dürfte auf dem Foto 35 Jahre alt sein, als „Greiferin" war sie um die zwanzig Jahre jung.

Wenn sie wieder mal oben, draußen wäre, würde sie in der Zentralbibliothek nachschauen, ob sich das Sachbuch „Stella" von 1991 von Peter Wyden, der einer ihrer Klassenkameraden war, im Bestand befand.

Das Foto von Stella Goldschlag erinnerte sie an das Gesicht einer Bekannten, die sie zufällig auf der Straße getroffen hatte. Sie entschlossen sich kurzerhand in das Stammcafé der Bekannten zu gehen, das hatten sie schon oftmals vorgehabt. Die Bekannte setzte sich in eine Häuserecke, so dass sie selbst, wollte sie ihr ins Gesicht sehen, in diese Ecke gucken musste, das war unangenehm. Sie erklärte das der Bekannten in der Hoffnung, dass diese bereit wäre, mit ihr einen anderen Platz zu wählen. Aber das wollte sie nicht, sie war zufrieden mit ihrem Platz und sagte, „Jeder kann sich hinsetzen, wo er wolle!"

Das Gesicht von Stella erinnerte sie auch an die Geliebte ihres Vaters. Sie war eine verheiratete Nachbarin mit Kindern. Ihre Mutter entdeckte die Beiden und somit war das Kapitel erledigt. Ihre Mutter war nicht nachtragend und hatte überdies eine lustfeindliche Einstellung, die da lautete, der Mann brauche das, man müsse die Augen schließen und in fünf Minuten sei dann alles vorbei. Diese Nachbarin hatte einen süffisanten Gesichtsausdruck, verächtlich ihr gegenüber, die sie damals sechs oder sieben Jahre alt war, eine unsympathische Frau.

Erinnert wurde sie auch an das Gesicht der Mutter ihres Vaters, sie hatte eigentlich einen gutmütigen Ausdruck, es sei denn, sie war jemandes Feind.

Auch die Mutter ihrer Mutter kam in Frage, die ein grundlegend anderer Typ war, aber genauso in ihrer Welt lebend, in der die Menschen nach

Gut und Böse eingeteilt wurden. Das betraf auch sie, das kleine Mädchen, das sie ablehnte, weil es auf seinen Vater kam, wie sie meinte, und dieser ihr kein Butterbrot an seinem Tisch gönnen würde.

Welche Kreise das doch zog. Schließlich kam sie auf ihre Mutter, die dasselbe Outfit trug wie Stella. Das hellgraue Kostüm mit Hemdkragen, darunter eine weiße, gestärkte Bluse, deren Hemdkragen sich über den Kostümkragen legte. Das sah sehr adrett aus und lehrte sie als kleines Kind das Fürchten, so akkurat und adrett und schneeweiß gestärkt war die Bluse, dazu die adrette Dauerwellen Frisur. „Bei dieser Frau ist alles in Ordnung!", würden alle sagen. „sie strahlt Reinheit, Zucht und Ordnung aus!" „Alles bestens!"

Aber dann kam auch noch ihr Vater ins Spiel mit seinem inspizierenden Blick: War das eine Jüdin? War bei der was zu holen? Konnte die rechtschaffen sein? Im Krieg hatte er die Opfer von Stella erlebt. Wen hatten sie da nicht alles in die Grube geworfen! Da kam alles auf einen Haufen bis einem schlecht wurde. Er verstand den Krieg nicht. Natürlich, er verstand „Vaterland" und „Feind", das Vaterland retten, „für das Vaterland sterben", um das zu tun, musste jemand der Feind sein. Der Feind war eine wichtige Figur. Die Mutter sagte, sie wüsste nicht, was der Vater im Krieg getan und gelassen habe. Seine Erlebnisse wären so schlimm gewesen, dass er nicht darüber spreche, und es sei gut, dass die Kriegsverbrechen verschwiegen würden, das sei die einzige Überlebenstrategie, die vernünftig sei, etwas einbringe. Man könne sich nicht mit Schuld beladen, das sei absolut sinnlos, selbstmörderisch. Was war, das war, das soll vergessen werden, aber sie denke oft an ihren Bruder, der in Stalingrad vermisst sei. Ihr Halbbruder, der bei der Sicherheitspolizei war, hätte ihr nicht so nahe gestanden, er sei durch die Partisanen umgekommen. Das Seufzen war das einzige, das sie der Vergangenheit widmete. Juden seien ihr unbekannt. Aber das stimmte nicht. Hätte sie Juden verpfiffen, denunziert? Oder hätte sie ihnen geholfen? Es war ihr wichtig, sie zu verschweigen, um nicht doch Schuldgefühle zu spüren? Was hätte sie selbst getan, gemacht und gelassen?

Sie nahm die roten Vorhänge wieder ab, denn sie waren doch erdrückend, wenngleich nicht dunkel und schwer, aber sie hatten etwas Gewaltiges, dennoch. Jetzt hängte sie die in Apfelgrün gefärbten Stores auf, ihr war sofort leichter zumute, lichter. Sie forderten sie nicht heraus, zwangen sie nicht zu irgendetwas, engten sie nicht ein, nun konnte sie auch wieder ihr zuletzt gemaltes Ölbild daneben stellen.

Sie kniete vor dem Duschbecken nieder und senkte ihren Kopf in das Becken. Sie schäumte ihre Haare, sie mussten unbedingt gewaschen werden, aber sich aufrichten und sich in die Dusche stellen, kam nicht in Frage, das Gewicht ihres Körpers würde sie nicht aushalten, obwohl sie schmal war, aber das über die Jahre angesetzte Alter war nicht tragbar. Ihren Rücken wusch sie sich im Sitzen mit einem getränkten Waschlappen. So schwach hatte sie sich noch nie gefühlt. Wo sollte das hinführen? Bisher hatte sie sich immer im Stehen waschen können.

Aber das war nichts gegen Lenes Schuppenflechte am Kopf, Steißbein und Fuß, die sich jeden Tag mit dem Taxi ins Krankenhaus fahren lassen musste, weil sie nicht gehen konnte, sich dort nackt in eine Tonne oder Kabine stellte, um für 2 Minuten Bestrahlung zu bekommen. Länger konnte sie es nicht aushalten, weil dann ihre Angst zu groß wurde, wenngleich sie sich festhalten konnte. Zweimal schon fiel sie in ihrer

Wohnung um, das erste Mal lag sie 1 ½ Tage in der Dusche bis ihre Freundin sie fand, sie brach sich beim Sturz den Oberarm. Jetzt hat die Diakonie, die ihr Hausarzt ihr empfahl, einen Wohnungsschlüssel und kommt jeden Morgen, um ihr Stützstrümpfe anzuziehen, zusätzlich einmal in der Woche kommt eine Haushaltshilfe, Pflegestufe 1. Bis zur Rente ging alles gut, wenn auch nicht bestens. Sie erinnerte sich, dass sie mit ihr zur Rentenstelle ging, um die Rente zu beantragen, darum hatte sie sie gebeten, extra angerufen, was sie äußerst selten überhaupt tat.

Sie begegnete einer Frau, die das Älterwerden gestreift und aus der Bahn geworfen hatte. Sie sagte laut unter den Passanten gehend: „Don't touch my mastercard!" und: „Wenn Sie mir schaden wollen, müssen sie den Schaden bezahlen!"

Sie saß in ihrem Tunnel System und etwas knisterte unter ihrem Hintern, als sie sich bewegte. Sie zog Fetzen von Zetteln hervor und zückte ihre Taschenlampe. Handschrift! Das war doch gar nicht mehr üblich in der digital gewordenen Welt, vor der sie sich schützte. „Warum habt ihr mich verlassen?!" las sie „Warum habt ihr mich zurückgelassen?! Ich bin doch noch ein Kind gewesen. Bevor ihr ohne mich über die Grenze gegangen seid, habt ihr mich auch so gut wie immer alleine gelassen. Ich war euch egal. Sie wird schon von selbst groß, habt ihr euch eingeredet." Sie bekam Schluckbeschwerden, knüllte die Papierfetzen zusammen und warf sie ein Stück weit weg. Aber dann stand sie auf, um das Papierknäul aufzulesen. Sie faltete es auseinander und begann, die Fetzen noch kleiner zu zerreißen. Hatte das nun ein Kind oder ein Erwachsener, eine Erwachsene geschrieben? Die Schrift war mal so und mal so, ein Mischmasch aus beidem. Vielleicht hielt sich die Person sogar hier versteckt? Zumindest musste sie einmal hier gewesen sein und hatte Zuflucht gesucht. Vielleicht war sie hier gestorben, und sie würde irgendwann über ihre Gebeine stolpern. Sie verstreute die kleinen Papierfetzen wie Asche.

Aber das konnte doch nicht wahr sein! Flüchtlinge hier unten im Tunnel? Eine Razzia. Gott, wie spät war es denn? Vier Uhr morgens! Mein Gott, sind die gottlos. Ein abgelehnter Asylantrag. Sie waren abgelehnt. Untergetaucht. Freiwild. Sie hatte von den minderjährigen Flüchtlingen gehört, die zur Prostitution gezwungen und an Pädophile weitergegeben wurden. Nicht mal ihr Tunnel war sicher.

Schweinerei. Wo sollte sie denn noch hin und all die anderen, die Zuflucht suchten, Flüchtlinge waren oder es wurden. Die ganze Menschheit war in Bewegung. Niemand war mehr sicher, ob er nicht demnächst Kriegsflüchtling sein würde oder einen Davidstern verpasst bekäme, angespuckt werden durfte, ganz rechtlich und gesetzlich abgesichert. Schweinerei. Jetzt kam in ihr auch die Sprache der Hilflosen durch. Als sie jüngst mit Adama, die aus Afrika kam und als Verkäuferin im Bio Supermarkt arbeitete, plauderte, kam ihr während des Gesprächs die Vorstellung, dass sie und ihre Familie genauso gesteinigt, gepeinigt, stigmatisiert werden könnte wie damals die Juden. Es war ganz beliebig. Sie griffen sich eine Bevölkerungsgruppe heraus und massakrierten sie bei lebendigem Leibe.

Sie dachte an Lie aus Vietnam, die 23 jährige Mathematik Studentin, die nach ihrer Arbeit im japanischen Restaurant, wo nur vietnamesische Studentinnen arbeiteten, zu ihrem chinesischen Freund Sche fahren würde. Er sei hier geboren, aber sie finde, dass er Chinese sei. Sie hatte ihn über seine Schwester kennen gelernt, die mit ihr zusammen studierte. Lie hatte ihr einen wohlschmeckenden Ingwer Tee zubereitet, das kleine Restaurant war schummrig, heimelig. Während sie Lie duzte, sagte sie „Frau Brigitte". Sie korrigierte sie nicht, denn sie konnte sich vorstellen, dass es für Lie unvorstellbar war, sie zu duzen, 47 Jahre waren zu überwinden. Lie war so winzig klein, dass sie sich tief hinunterbücken musste, wenn sie sie zum Abschied umarmte.

Er stand an einer Säule gelehnt im unterirdischen Durchgangsbereich eines großen Einkaufscenters. Spindeldürre Beine in einer von oben bis unten schmutzigen Hose. Kapuze in das Gesicht gezogen. Es war, als krallte er sich an der Säule fest, weil er sich nicht halten konnte, Angst hatte, zusammen zu sacken. Sie trat zu ihm und fragte, ob sie ihm einen Kaffee holen sollte. Nein, etwas zu essen. Fleisch oder Käse? Käse. Sie kam mit einem Brie-Käse Brötchen zurück und bat ihn, mit ihr zu den Stühlen zu gehen und sich zu setzen, die waren zwar nur für Gäste zweier Läden reserviert, aber egal, denn es waren noch alle Plätze unbesetzt. Er aß das Brötchen, sie löffelte Jogurt. Er kam aus Afghanistan, wurde aber im Irak geboren, war seit 2 ½ Jahren in Deutschland und wegen seines abgelehnten Asylantrags untergetaucht. Er lebte in Lübeck und kam alle 2 Wochen mit einer Gruppenkarte nach Hamburg. In Lübeck bekam er dann auch kostenlos neue Kleidung. Bei sich hatte er einen Rucksack voller leerer Flaschen und einen großen Plastiksack der mit leeren Dosen gefüllt war. Er sagte, er habe auf jemanden gewartet, der gesagt hätte, wenn er nicht käme, sei er am Hauptbahnhof. Da wolle er jetzt hingehen. Vielleicht besorgte er sich dort auch Drogen oder ging auf den Strich. Sie wusste es nicht, sie verabschiedeten sich.

Für die beiden Blinden hatte sie wieder ein Theaterstück ausfindig gemacht, diesmal mit Audiodiskription.

Die Redakteurin, der nebst anderen gekündigt worden war, saß auf ihrem Stammplatz. Sie musste nun doch noch wegen dem Brexit in beratender Tätigkeit eine Weile weiterarbeiten. Aber jetzt ist sie erstmal unruhig, weil bei ihr eine zweite Gewebeprobe ihrer Gebärmutter entnommen werden musste, denn die erste Untersuchung verlangte eine zweite Prüfung, etwas war nicht in Ordnung. Das war ein Albtraum, besonders für sie, die schon Darmkrebs hatte und ihn mit einer Chemotherapie besiegt hatte.

Es wurden hier unten zu viele, auch wenn sie unsichtbar blieben, denn das Tunnel System war weitläufig, aber sie hörte sie. Es war kein Versteck mehr. Was taugte ein Versteck, in dem sie vor anderen nicht mehr sicher war, in dem sie nicht zur Ruhe kam, sich nicht mehr sicher fühlte?

Jemand hatte sogar das Boulevardblatt mit dem Frauenmörder Honka auf der Titelseite hier liegen gelassen, weil Fatih Akim einen Film über ihn drehte und dieser auf der Berlinale lief, wo nicht wenige angeekelt rausgingen, Sie fand es auch herabwürdigend, dass er sich ausgerechnet dafür interessiert hatte. Wie sie vernahm, widmete er sich nicht einmal seiner Kindheit und seiner Familiengeschichte, sondern stellte das bestialische Schlachten der Frauen in den Mittelpunkt. So beschäftigten sich also die Leute in der Oberwelt, das war keine Motivation, den Tunnel zu verlassen.

Sie musste das Tunnel System weiter erforschen, vielleicht würde sie ja tatsächlich noch unberührte Abschnitte, Rückzugsmöglichkeiten entdecken.

Als die junge Mutter, die von der israelischen Autorin Hedaya ein Buch las, weil sie mit anderen Frauen einen kleinen Leseclub gegründet hatte und sie sich deswegen alle 6 Wochen trafen, um ein neues Buch, das sie alle gelesen hatten, zu diskutieren, sagte, dass sie mit ihrer neun Monate alten Tochter zum Babyschwimmen war, stellte sie sich den Hochgenuss vor, die totale Entspannung im warmen Wasser von 32 Grad. Die Babys seien während des Babyschwimmens glücklich, und sie spürte das, sie konnte sich in der Vorstellung da reinlegen, in das warme Wasser und glücklich sein. Sie ging auch mit dem Baby zum Pilates, die Babys krabbelten auf dem Boden herum, während die Mütter Pilates übten. Sie traf sich mit anderen Müttern im Café oder im Restaurant. Sie hätten es gut, sagte die Mutter, ihre Generation sei bevorzugt mit Elterngeld, Elternurlaub und etlichen anderen Maßnahmen.

Warum ging es ihr nicht aus dem Sinn, das Haus, vor dem ihre Mutter mit ihren beiden kleinen Kindern im Hauseingang vor der Haustür stand und sich fotografieren ließ, ihre Hände auf den Schultern der beiden Kinder, die rechts und links neben ihr standen, abgelegt. Wie konnte sie darauf neidisch sein? War sie neidisch?
Obwohl sie sagte, dass ihre Kinder für sie nicht das Wichtigste seien, sondern ihr Mann, war dieses Foto doch nur mit den Kindern vorstellbar.

Alleine vor dem Haus fotografiert zu werden, schien ihr nicht so viel Sinn zu machen. War das eine Fixierung auf die tradierte Rollenverteilung? Vielleicht nur, weil die Mutter keinem Beruf oder gar einer Berufung nachgegangen war… Dabei war die Tatsache, Kinder groß zu ziehen nicht eigentlich das, was sie glücklich machte, sie sagte, es werde von ihr als Frau verlangt, also tue sie es, aber ihre Kinder seien ihr nicht das Wichtigste, das sei der Mann, denn der bliebe bei ihr.

Wollte sie deshalb in das Haus zurückkehren, in dem nach dem Tod der Mutter wieder eine Familie wohnte und sehen, ob die Kinder in dieser Familie wichtig waren?

Sie versetzte sich auf dem Foto an die Stelle der Mutter und hielt eigene Kinder rechts und links fest. Warum war das wichtig für sie? Es war vielleicht nicht wichtig, aber ein verdeckter Wunsch? Was jedoch würde ihr diese Wunscherfüllung bringen? Was machte es mit ihr? War das Haus mit seinen drei Etagen und dem Stall auf dem Grundstück nicht auch ein Tunnelsystem? Der Keller mit seinen verschiedenen Türen und Heizungsrohren war ja auch noch da. Und wenn, sie konnte sich nicht erinnern, sich dort versteckt zu haben, denn das war unmöglich, da die Mutter auf allen Wegen hinter ihr her war, sogar, wenn sie auf die Toilette, im Hausflur eine Etage tiefer gelegen, ging und zwar abschließen durfte, aber die Mutter wartete vor der Tür, bis sie wieder herauskam. Vielleicht war es auch nur wegen dem Rauchen, denn das stimmte, auf Toilette hatte sie sich so manches Mal eine angesteckt.

Im Haus war nicht vor dem Haus. Zwischen die erwachsenen Töchter würde die Mutter sich nicht mehr gestellt und sie an den Schultern umfasst haben. Da gingen Mutter und Kinder eigene Wege und Verständigung wurde mit zunehmendem Alter immer schwieriger.

Dieses Foto ihrer Mutter mit den eigenen Kindern die sie rechts und links festhielt, faszinierte sie, doch sie konnte nicht erfassen, was die Faszination ausmachte. Ihr schien, sie würde es niemals herausfinden, als wenn es ein verschlossenes Bild war, ihr verschlossen, deshalb würde sie nicht zu der Wahrheit durchdringen.

Sie wollte nicht auf den abwesenden Vater kommen, der dieses Reich der Mitte, der Ausgeglichenheit, des Friedens vor der Haustür ermöglicht hatte, aber es war sicher, dass dieses Foto ohne ihn nicht existiert hätte, diese harmonische Dreiergruppe. Das erste dieser Bilder zeigte sie mit den beiden Kleinen im

Festhaltegriff rechts und links vor dem ersten Elternhaus, dem Bauernhaus in der DDR, sie saß und die beiden Kinder, 3 und 5 oder 4 und 6 Jahre alt, standen rechts und links neben ihr, von ihr umfasst. Sie schauten gar nicht zufrieden aus. Ja, sie sahen sogar sehr unglücklich aus. Sie wollten nicht festgehalten werden ohne die Möglichkeit zu haben, sich zu befreien, so sehr krallten sich die Hände der Mutter um die Schultern der Kleinen. Später ging das Erdulden von solchen Aufnahmen glimpflicher von statten, denn sie wussten, dass es schnell vorbei wäre und trotzdem war der Griff der Mutter schmerzhaft, auch wenn er nicht andauerte, aber der innere Schmerz hielt sich dauerhaft. Sie konnte nicht daran glauben, dass ihre Oberarmschmerzen damit zusammenhingen. So etwas anzunehmen, ging zu weit. Vielleicht war sie auch nur traurig, dass die vorgegaukelte Einheit, Trautheit, nicht stimmte, dass es nicht so war, wie es das Bild vorgab, dass sie eine Einheit wären, die von nichts Störendem aufgebrochen wurde wie durch den Hunger nach eigenen Erfahrungen. Vielleicht war es das, was sie faszinierte, die Unstimmigkeit zwischen der Hoffnung, die das Foto ausstrahlte und der unsichtbaren Hoffnungslosigkeit. Die Diskrepanz von der schönen Oberfläche und der Wahrheit darunter. So gesehen stimmte sie das

Bild traurig, wenn nicht gar wütend, weil verlogen. So gesehen war die Mutter tatsächlich verlogen, denn sie wollte auf Teufel komm raus, ein heiles Familienbild vor den Nachbarn und allen anderen abgeben. Es war wichtig, dass nichts erzählt wurde, was drinnen los war, es war wichtig, dass nichts nach außen drang, bis auf ein harmonisches Bild. Als Verwandte einmal fragten, ob sie krank sei, weil sie so still sei, erwiderte die Mutter, nein, sie sei nur gut erzogen und deshalb ein liebes, so schweigsames Kind. Als Erwachsene kam sie schon jahrelang nicht mehr zu Weihnachten nach Hause, aber die Nachbarin erzählte ihr nach dem Tod der Mutter, dass diese das Gegenteil behauptet hätte, nämlich dass sie jedes Weihnachten nach Hause käme. Die Mutter leugnete auch andere unliebsame Tatsachen, die auf Risse in der Familie verwiesen.

Die Sonnenstrahlen bissen sich durch den Beton. Sie hörte Getrampel. Es musste viel los sein. Offenbar war draußen breiter Sonnenschein, und die Leute schwärmten nach draußen, um sich den Vorgeschmack auf den Sommer auf der Zunge zergehen zu lassen. War das nicht Anlass, dass auch sie ihr Tunnel System verließ? Nein, das war schlechterdings nicht vorstellbar, sie musste im Schatten bleiben. Sie wollte nicht verbrannt werden, auch wenn davon niemand sprach, davon nicht die Rede war. Noch erschien ihr die Sicherheit im Tunnel als dringlich, als notwendig, auch wenn diese Sicherheit relativ zu sehen war, auch wenn sie nicht immer perfekt war, aber draußen würde sie aufgerieben. Sie probierte ja oft genug den Spagat.

Sie war im Tunnel, aber dennoch war ihr nicht klar, ob sie träumte oder tatsächlich mit der Fähre nach Övelgönne fuhr. Sie stand auf dem Deck an der Reling und sah die Sonnen beschienenen Häuser an sich vorbeigleiten, die verschiedenen Häuserformen und Häuserfarben. Sie meinte, dass sie die Ansicht noch nie so berauschend schön erlebt hätte, obwohl sie schon viele Male diese Fähre benutzt hatte. Viele Menschen waren um sie herum, denn es war ein erster Sonnentag im Februar, die Sonne schien viele Stunden. Am Elbstrand ging sie bis zum Strandkiosk, wo sie einen Cappuccino trinken wollte, jedoch war er geschlossen, alle strömten in die Strandperle, die daneben lag, aber dahin wollte sie nicht, weil diese ihr zu chic war. Sie machte eine Pause, weil sie jedoch ohne Sonnenschutz war, pausierte sie nur kurz und ging dann den Weg zurück. Sie fuhr in die Schanze während sie gleichzeitig im Tunnel blieb. Der Tag war noch hell, sonnig und lebendig, obwohl die Sonne schon untergegangen war. Wenn im Kino 3001 in der Schanzenstraße ein guter Film lief, würde sie endlich mal wieder ins Kino gehen. In der Susannenstraße probierte sie einen auf die Hälfte herabgesetzten himbeerfarbenen Pullover an, den sie kaufte, womit sie noch Kaffeegeld übrighätte und etwas für die Kinokarte, denn sie hatte via Smartphone herausgefunden, dass ein Film um 19.15 Uhr von Naomi Kawase laufen würde mit Juliette Binoche. Sie hatte bereits vor längerer Zeit einen Film von Naomi Kawase im TV gesehen, allerdings auf Französisch, es ging dort um die rote Bohnen Paste, die die über 70 jährige Frau so einmalig zubereiten konnte und deshalb von dem Kioskbesitzer eingestellt wurde, obwohl er das zunächst abgelehnt hatte. Es ging um Wertschätzung für das, was die Natur schenkt, in dem Film jetzt ging es wieder um die Natur, um eine Heilpflanze, die nur alle 999 Jahre in Japan blüht und von der Französin Juliette Binoche gesucht wird…

Zuvor wollte sie Alex, der freitags in der Katze auf dem Schulterblatt bediente, einen Besuch abstatten, aber er hatte die Schicht auf Dauer getauscht. Sie trank trotzdem ihren Espresso macciato und öffnete ihren Laptop. Der Tag wollte gar nicht enden. Es war Sommer im Februar. Nur für dieses Wochenende. Wollte sie nicht ihren Tunnel zertrümmern und sich für immer dieser Lebendigkeit hingeben? Doch schien es sich um eine Ausnahme zu handeln, schlich sie nicht sonst wie eine Blindschleiche auf dem Boden entlang und befürchtete, zertreten zu werden? Die Frau, die ihr in der Schanze den himbeerroten Pullover günstig verkaufte, hatte alle Filme von Fatih Akim gesehen, aber in diesen Honka-Film wollte sie nicht gehen. Er hätte sich mit der Lebensgeschichte des Mörders beschäftigen können, ohne auch nur eine Szene, in der die Frauen abgeschlachtet wurden, zu zeigen. Jetzt musste sie aus dem Café Katze verschwinden, denn hier ging es nun zur Sache, der Abend mit den Cocktails war angebrochen.

Was hatte sie geritten? Sie kam mit den bunten Vorhängen nicht zurecht und hatte plötzlich die Vision: Alles in Weiß. Aber sie wollte nicht schon wieder Vorhänge kaufen, auch nicht die billigsten, deshalb fuhr sie zum Flohmarkt, wo sie früher regelmäßig auftauchte, aber seit gut einem Jahr gar nicht mehr. Sie erinnerte sich an einen Stand, an dem sie ein helllila Bettlaken gekauft hatte und dieses als Vorhang benutzte. Dort fand sie tatsächlich drei gut erhaltene Baumwolllaken in passenden Maßen, insgesamt für 5€. Erst zu Hause stellte sie fest, dass sie müffelten, so dass sie sie in die Waschmaschine steckte und nach der Wäsche bügelte. Sie bekamen dann Pieckser, kleine Löcher, die sie mit der Schere hineinstach, damit sie die Holzringe durchstecken und dann den Vorhang auf die Holzstange heben konnte, die sie anschließend durch die beiden über den Fenstern an der Wand befestigten Holzringe steckte. Sie war höchst zufrieden über die lichte Helligkeit der Vorhänge, sie fielen sehr gut. Daher faltete sie die anderen Vorhänge, zwei grüne und einen roten zusammen, steckte sie in den Rucksack und brachte sie zum Kleidercontainer. Wäre es ein schönes Grün und Rot gewesen, hätte sie sie aufbewahrt. Nächsten Samstag müsste sie nochmal zum Flohmarkt, denn sie wollte gerne noch das vierte weiße Baumwolllaken kaufen, wenn es noch da wäre.

Sie fuhr dann noch weiter, um zwei Karten fürs Theater zu kaufen, denn die Freundin von ihrem Sohn wollte das Ohnsorg-Theater gerne mal kennen lernen. Das Stück war mit Audiodiskription.

Sie war inzwischen zum Umfallen müde, fuhr jedoch trotzdem noch ins Café, aber ausnahmsweise nicht, um zu schreiben, sondern nur um einen Espresso zu trinken und die Zeitung zu lesen. Sie hatte Glück, sie konnte es sich am geöffneten Fenster gemütlich machen. Draußen war bei dem schönen Sonnenschein alles besetzt. Sie las in der „Zeit" den Bericht einer Frau, die durch eine Samenspende gezeugt worden war. Nach einer langen Odysee erfuhr sie, dass der Samenspender, der Arzt ihrer Mutter war, der sie damals beraten hatte, und weil der Samenspender nicht gekommen waren, sprang er damals ein. Dieser Mann, ein Professor und eine Koryphäe auf seinem Gebiet, schrieb ihr, dass er ihre Familie, sie war inzwischen verheiratet und hatte zwei Kinder, nicht kennen lernen wollte und auch keine Fotos zu sehen wünschte. Die genetische Vaterschaft hätte für ihn keine Bedeutung, sondern der soziale Vater, derjenige, mit dem sie groß geworden sei. Sie war sehr enttäuscht. Die Bedienung im Café würde sich bald nach Kenia aufmachen, wo sie während ihres FSJ, ihres freiwilligen sozialen Jahres, Freunde gewonnen hatte. Der junge Mann, der bediente, sagte, es sei nicht schlimm, dass ihr Wasserglas heruntergefallen sei, das passiere oft, ihr war es zum ersten Mal passiert.

Sie konnte nur schwerlich aufstehen, die Hüfte meldete sich, schmerzte.

Zuhause schlief sie lange. Am nächsten Tag holte sie, so, wie sie es sich vorgenommen hatte, ihr Fahrrad heraus, denn es sollte wieder ein Sonnentag werden.

Sie hörte Flüstern. Das bedeutete, dass hier im Tunnel die Flüsternden in der Nähe waren, denn sonst könnte sie es unmöglich hören. Es sei denn, es war in ihrem Kopf. Aber warum sollte in ihrem Kopf jemand flüstern? Vielleicht hatte sie geschlafen und jemand wollte sie wach flüstern, sanft aufwecken. Was sie hörte, waren Schreckensbotschaften. Das konnte nur von Kriminellen kommen, denn der Antisemitismus war doch nach dem 2. Weltkrieg ein für alle Mal verschwunden. Aber nein, die Antisemiten krochen aus allen Löchern und hetzten auch in Frankreich zurzeit gegen Juden, und was sie als jüdisch deklarierten. Der Anschlag auf das

Bataclan, Charly Hebdo und den jüdischen Supermarkt waren schon Höhepunkte des entfesselten Hasses. Nun entpuppte sich ein Teil der "Gelbwesten", der „Gilets Jaunes", als antisemitisch und ließ dem Hass auf Juden freien Lauf. Gegen den Philosophen Alain Finkielkraut, 69 Jahre, wurden aggressive Beschimpfungen ausgestoßen: „Drecksjude", „Drecksrasse", „verrecke", dreckiger Zionist", „Geh zurück nach Tel Aviv!". Pierre Mignard, linker Anwalt war der Meinung, der Philosoph Alain Finkielkraut hätte die Aggression gegen ihn heraufbeschworen, weil er auf die Straße getreten sei, es wäre ratsamer gewesen, wenn er sich von der Straße ferngehalten hätte. Das erinnert wirklich an die Nazi Diktatur, als die Juden vom öffentlichen Leben ausgeschlossen wurden. Portraits der verstorbenen Simon Veil wurden mit Hakenkreuzen beschmiert, die „Marianne" attackiert, auch Macron, der Sündenbock von Anfang an für alles, wurde verbal angegriffen, als „Judenhure" und „Judensau" beschimpft, weil er in der jüdischen Bank Rothschild gearbeitet hatte. Das war kein Flüstern mehr, das war, als würde ihr Kopf zerschlagen. Sie musste unbedingt nach Paris und an der Demo teilnehmen. Aber auch das war zu wenig. Sie hatte von Anfang an nicht geglaubt, dass es vorbei war. Sie spürte schon all die Jahrzehnte, dass die Nazis noch da waren, um sie herum. Sie outeten sich durch ihre rassistischen, Menschen verachtenden Pöbeleien auf der Straße, im Treppenhaus, im Supermarkt und überall. Sie waren nicht in der Überzahl, aber sie waren da, auffällig da. Sie hatte von Anfang an darunter gelitten, sie waren so erdrückend, als zerquetschten sie sie zwischen ihren Fingern.

Würde sie nie diesen Tunnel verlassen können? „Du siehst kaputt aus!". Es ging ihr durch den Kopf. Eine Sport Teilnehmerin hatte gesagt, als sie sich die Klinke in die Hand gaben, sie würde kaputt aussehen, so fühlte sie sich auch. Vielleicht lag das auch an ihrer Zerrissenheit, an ihrem ständigen Wechsel von hier nach da? Wieder war sie erst gegen Morgen eingeschlafen, aber warum?

Wahrscheinlich lagen die beiden Hälften, die beiden Seinsweisen, die nicht zusammenkommen konnten, mal weit und weiter auseinander, mal waren sie aber auch dicht beieinander, und sie hörte sie so laut, als würden sie schreien. War es nicht so, dass sie sich manchmal gegenseitig niedermachten? Was würde passieren, wenn die beiden Seinsweisen ganz auseinanderstrebten, die eine die andere verließ, für immer außer Acht ließ so dass sie sich irgendwann nicht mehr erkannten?

Wie passte es dazu, dass sie die Doku über den jetzt mit 77 Jahren verstorbenen Bruno Ganz auf Arte gesehen hatte. Der Mann in seiner Selbstdarstellung hatte Emotionen in ihr hervorgerufen, worüber sie überrascht war. Er sagte, dass er Melancholiker sei und dass er eine Zeitlang Alkoholprobleme gehabt hätte. Er kämpfte mit etlichen Rollen, in die er zum Teil nicht wirklich hineinschlüpfen konnte wie es ihm mit der Rolle des Dr. Faustus gelang. Aber alles war schwierig. Es wirkte so, als wenn er sein Leben für die Schauspielerei geopfert hätte. Der Film begann mit seiner Mutter, einer einfachen Frau, die wie ihr Mann nicht wollte, dass er Schauspieler würde. Das war in vielen Elternhäusern so. Er ging aus der Enge der Verhältnisse fort. Sie glaubte, dass hing trotzdem an einem. So wie bei ihr, lebte sie deswegen die beiden Seinsweisen, im Tunnel und außerhalb? Sie stellte sich vor, dass es bei ihm ein bisschen ähnlich gewesen sein könnte und seine Melancholie der Ausdruck dafür war, die beiden

Daseinsformen und Daseinsinhalte nicht zusammenbringen zu können.

Das „Reptil" schlug für den nächsten Tag ein Treffen vor. Sie sagte zu, jedoch dauerte es eine Weile, bis sie sich verständigt hatten, denn sie konnte nicht mehr „senden" und schließlich, sich auch nicht mehr einloggen. Sie wechselte zum Smartphone, da ging es plötzlich.

Das „Reptil" sagte während ihres Treffens, dass Bruno Ganz sein Lieblingsschauspieler sei, nachdem sie ihm von der Dokumentation erzählt hatte, er kannte aber kaum Filme von ihm. Er war von einer Studienreise aus Afrika zurückgekehrt und meinte, da er sich nicht gemeldet hätte, sei es gut, dass sie nachgefragt hätte.

Sie saßen in einem picke packe vollem Café, das er vorgeschlagen hatte, er erzählte von der von seinem Berufsverband organisierten Reise, an der auch seine Exfrau teilnahm, mit der er sich nach der Trennung vor sieben Jahren noch sehr gut verstand. Sie hatten beide denselben Beruf. Bei der Reise ging es darum, die Methoden Europas und Afrikas bezüglich ihres Berufsfeldes zu vergleichen. Sie kannte sich ein bisschen aus, so konnte sie alles gut verstehen. Darüber hinaus musizierte er gerne und bereitete gerade einen Liederabend vor. Er mochte auch vieles andere, war bei dem Konzert von Joan Baez in der vergangenen Woche und erzählte, dass er Mitglied bei Amnestie International sei und bereits einige Reisen für dieses Jahr geplant hätte. Sie wiederum erzählte ihm, dass sie vorhatte mit sehr verdünnter Ölfarbe zu malen, was für sie wie das Betreten eines neuen Raumes sei. Etwas befremdete sie. Sie gab ihm die einzige Kunstpostkarte, die sie in der Tasche hatte, weil darauf ihr Name stand und er im Netz auf ihrer Homepage ihre Email Adresse finden würde. Kurz entschlossen knickte er ihre Kunstpostkarte in der Mitte und faltete sie wie ein Stück Papier ohne ihre Malerei gewürdigt oder zumindest ein Wort darüber verloren zu haben. Zusätzlich zog er die entstandene Kante durch seine Finger, um sie zu schärfen. Sie hatte auf ihrem Portal geschrieben, dass sie einen Mann suche, der………in Achtsamkeit geübt sei.

Sie dachte an ihre Schlaflosigkeit, die vielleicht da war, weil sie sich nicht mehr geschlossen fühlte. Früher hatte sie im Denken Grenzen, in allem. Jetzt waren die Grenzen geöffnet, es gab keine mehr, sie flog, floh, sie hatte die Weite, die Endlosigkeit vor sich, in die sie hineindachte, das war früher nicht so. Diese grenzenlose Weite, die jetzt für das Denken da war, machte ihr Angst, versetzte sie in Unruhe, sie war eine Bedrohung. Komischerweise fielen ihr die derzeitigen Streitereien über die Außengrenzen der jeweiligen europäischen Länder ein, die einen wollten sie dicht machen, hatten Angst vor den Flüchtlingen, die anderen wollten sie offenhalten und ihnen helfen. In Amerika wollte Trump eine hohe Mauer an der Grenze zu Mexiko bauen lassen usf..

Sie hörte auf zu weinen. Auch das war schon zu viel. Auch das war Teil einer Welt, der sie nicht mehr angehörte. Vielleicht war es einfach das Alter, dass sie im Übergang begriffen war. Sie wusste nicht, wieviel Zeit ihr noch blieb, und vielleicht war sie in einem permanenten Abschiedsmodus. Der Aufenthalt in ihrem Tunnel System war bestimmt daran beteiligt, dass sie die Welt verlor, in der sie sich aber doch so oder so nicht geborgen fühlte, als wäre es nicht ihre

Heimat. Die Welt als Heimat. Die Welt bot niemandem mehr Heimat. Es war ein Fliehen auf der Erde. Hungersnöte, Kriege, Katastrophen, Unterdrückung, Ausbeutung zwangen die Menschen, ständig auf der Flucht zu sein.

Sie wollte nur unter die Bettdecke oder in die Badewanne, in Wärme eingedeckt, in Wärme eingetaucht sein. Sie war aber sehr traurig und konnte sich nicht vorstellen, sich auf irgendetwas zu freuen. Eine spontane Freude war weg. Natürlich schon seit langem. Ihre Freude war eingemauert hinter einem zugezogenen Gesicht.

Am Morgen konnte sie wegen der entzündungshemmenden Creme und Watte, die der Zahnarzt ihr in den Mund gesteckt hatte, nicht sprechen und schrieb deshalb auf einen Zettel, was sie in der Gynpraxis wollte, in der Apotheke und bei der Proktologin. Es war ein angenehmes Erlebnis, die Kommunikation auf das Allernötigste zu reduzieren. Wahrscheinlich war Dreiviertel allen dessen, was gesagt wurde, überflüssig. So überflüssig wie sie selbst sich empfunden hatte….
Das hatte sie am Vorabend herausgefunden, indem sie eine „Familienaufstellung" im Geiste vollzog. Das Interessante war, dass alle in einem

Halbkreis hinter ihr standen, in ihrem Rücken. Im Zenit des Halbkreises stand ihre Mutter, hinter dieser ihr Vater. Ihre Schwester stand zwischen ihrer Mutter und ihrem Vater, aber eher seitlich, so dass sie, Mutter, Vater, Schwester, zusammen ein Dreieck bildeten. Ihre Schwester kam nicht aus der Deckung, aber ihre Mutter beschimpfte sie hinter ihrem Rücken, bezeichnete sie als Hure, als unverschämt, weil sie auf der Welt war, dass sie auf die Welt gekommen war, dass sie sie hätte gebären müssen, was für ein furchtbares Ereignis, wo sie doch gar kein Kind mehr wollte. Eine Tochter habe ihr doch vollkommen ausgereicht, warum zwang sie sich noch durch den Geburtskanal, quälte sie, obwohl sie doch besser schon als Fötus hätte verenden sollen. Sie störte, sie störte erheblich, es war aufdringlich von ihr, in Erscheinung zu treten, denn die erste Tochter, dazu noch strahlend schön, reichte absolut aus. Wenn sie wenigstens ein Junge geworden wäre, dann würde es ja noch Sinn gemacht haben, dass sie auf der Welt wäre, aber nochmal eine Tochter, das war eine Zumutung. Der Vater sagte, dass ihre Mutter recht hätte, sie wäre überflüssig, es sei schlimm, dass sie auf der Welt sei. Sie sollte doch bitteschön sterben. Niemand könne sie, die überflüssig sei, aushalten. „Überflüssig" sagten auf einmal alle drei, es klang wie ein Chorgesang, bedrohlich. Sie rührte sich nicht. Es entsprach ja ihren Gefühlen, die sie immer gehabt hatte. Ihr Sohn stand auf ihrer rechten Seite, er trat jetzt an sie heran und sagte: „Komm, Mutter, wir gehen. Das hast du nicht nötig, dir so etwas Vernichtendes anzuhören. Du bist für mich meine Mutter. Du hast mich geboren. Ich bin dir dankbar, auf der Welt zu sein und für alles, was du mir zu Teil werden ließest, für deine unaufhörlich fließende Liebe, du hast so viel, so unendlich viel für mich getan. Du bist meine liebe Mutter. Ich stehe zu dir." Er umarmte sie und sie gingen unter dem Chorgesang „Du bist überflüssig" ab, aber nach wenigen Schritten blieb sie stehen und drehte sich um, sie sagte zu ihnen: „Ich verzeihe euch!" und wendete sich wieder mit ihrem Sohn zusammen zum Gehen. Sie hörte in ihrem Rücken Empörung. Sie empörten sich darüber, dass sie ihnen verziehen hatte. Dass sie sich angemaßt hatte, sich über sie zu stellen, denn nur jemand der sich erhöhte, konnte anderen verzeihen. Sie ließ sich offenbar nicht mehr treffen von ihren Anwürfen. Welch ein Pech. Der Chorgesang verstummte.

Sie dachte an das überflüssige Baby in der Wiege, das nie aufgenommen und geherzt wurde. Sie dachte an den Mordanschlag, den die Mutter auf das Baby in ihrem Bauch verübt hatte. Aber auch das Baby in ihr verzieh jetzt ihrer verzweifelten Mutter, die eine sehr selbstbewusste Frau war, die nur an sich dachte, und sich durch das zweite Kind bedroht fühlte

Sie hatte sich bei der Aufstellung als Baby ihrer Mutter gegenübergestellt, das von der Mutter missachtet worden war: „Was willst du Baby denn bloß. Wir sind eine intakte, vollkommene Familie, wir brauchen dich Unding doch gar nicht. Du hast dich hier eingeschlichen. Der Vater schimpft auch auf dich. Er denkt, ich sei schuld, dass ich keinen Sohn geboren habe. Aber du bist schuld, du hast einen Sohn verhindert. Vielleicht hast du ihn sogar umgebracht."

Schon der Fötus wurde von der Mutter angegriffen: „Verzieh dich, sieh zu, dass du Land gewinnst, dich gar nicht erst entwickelst und auf die Welt kommst. Du ernährst dich von meinem Blut, obwohl ich das gar nicht will. Ich will dich nicht! Das muss doch bei dir ankommen. Daraus musst du doch Konsequenzen ziehen und abdanken, diese Welt verlassen. Ich tat alles, was dich hätte zum Abtreiben bringen können, zum Sterben. Aber es ist mir nicht gelungen, du kleines Biest hast dich durchgesetzt, durchgebissen, durchgehalten."

Der Vater sagt: „Du untergräbst mein Selbstwertgefühl, weil du kein Junge geworden bist. Das wäre anständig gewesen. Ein Nachfolger meines Geschlechts hätte mich stolz gemacht, aber du bist eine miese, kleine Ratte, nichts wert. Die Erste hat wenigstens den Status der Erstgeborenen."

Das Baby strampelt und denkt: „Ich freu mich, auf der Welt zu sein. Ich halte durch und werde größer und größer. Ich gedeihe in meinem Universum. Ihr seid armselig, armselige Menschen."

Das Baby strampelte weiter und dachte lachend: „Ich verzeihe ihnen."

Sie hatte Feuer gefangen und stellte sich jetzt ihrem Elternhaus gegenüber, dem zweiten, in dem sie 18 Jahre lang gelebt hatte. In dem ersten, einem Bauernhaus, verbrachte sie ihre ersten vier Lebensjahre bis zur Flucht.

Sie war in Gedanken nach dem Tod der Eltern schon einmal in das zweite Haus gegangen, in die Zimmer der Elternwohnung, in der sie auch lebte und bei ihrem imaginären Besuch erneut auf die traumatischen Begebenheiten stieß.

Das Haus war verkauft, denn ihre Mutter war vor ein paar Jahren gestorben In ihrer Vorstellung stand sie dem neuen Besitzer gegenüber, der sie nicht hereinlassen wollte. „Warum nicht?" fragte sie.

„Ich wohne hier mit meiner Familie. Es jetzt unser Haus, und ich möchte nicht, dass du in unser Privatleben eindringst.

Wir haben die Zimmerwände eingerissen, es ist jetzt alles ganz großzügig und hell.

Den Stall hinter dem Haus haben wir komplett umgebaut, er ist jetzt ein Wohnatelier."

„Du hattest selbst vorgeschlagen, dass ich mir den Umbau ansehen könnte?! Oder lässt du mich nicht rein, weil ich eine Deutsche bin?"

„Vielleicht spielt das eine Rolle. Jedenfalls habe ich kein Vertrauen zu dir! Du bist ein Täterkind, auch wenn deine Eltern vielleicht nur Mitläufer waren. Lass uns in Ruhe. Geh auf Antisemitismus Demonstrationen, wenn du Schuldgefühle hast! Jedenfalls bitte ich dich, mein Grundstück zu verlassen!"

„Natürlich. Aber ich erinnere dich, dass du es warst, der damals gesagt hat, dass ich mir den Umbau mal ansehen müsse, diese Einladung hast du später hinsichtlich meiner Schwester und mir erneuert, als du uns das Haus zeigen wolltest und sogar Kaffee und Kuchen ins Spiel brachtest. Aber Papier ist offenbar geduldig!"

„Bei der ersten Einladung, die ich ausgesprochen habe, war ich noch nicht eingezogen und daher noch fremd hier. Bei der zweiten Einladung, die ich aussprach, war ich zwar schon eingezogen, aber noch nicht lange und daher immer noch etwas fremd in den eigenen vier Wänden. Jetzt bin ich mit meiner Familie hier ansässig, und es ist ganz und gar mit Haut und Haaren mein Privatbesitz geworden, hier herrscht jetzt eine Privatsphäre, die hatte ich damals während der Bauphase und der Einrichtungszeit noch nicht so empfunden. Jetzt ist das anders. Jetzt würde ich dich als Eindringling in meine Privaträume empfinden!"

Sie schluckte, ließ ihn stehen und ging fort, ja sie lief sogar fort, hinunter vom Hof, vom Eingangsbereich. Er stand wohl noch immer in der Tür und rief ihr nach: „tschüss!" Sie drehte sich nicht um.

Eigentlich war sie erleichtert, dass sie nicht nochmal in ihr Missbrauchsleben eintauchen musste, in seinen Bann gezogen wurde. Ja, sie sollte diesem Haus den Rücken kehren, es nie mehr betreten, sondern zum Friedhof gehen, denn dort lag ihre Mutter, dort war ihr Platz, dort könnte sie sie besuchen. Im Haus hatte sie lange alleine gelebt nach dem Tod des Vaters, viele Jahre hatte sie noch eine Freundin, mit der sie sich alle zwei Tage in der Stadt traf. Als diese starb, fuhr sie noch manches Mal in die Stadt, aber weniger. Noch später bekam sie Essen auf Rädern. Die Schwester holte die Wäsche ab und fuhr sie zur Fußpflege. Sie ließ die Enkel und Enkelkinder sukzessive ihre Schränke leerräumen. „Nimm mit!", sagte sie immer. Alles Geschirr, die Bettwäsche usf.. Als sie starb, war die Wohnung schon leer, wie ausgeräumt. Es war doch schon lange nicht mehr das Szenario, welches sie mit dem Haus verband. Die Mutter hatte doch schon mehr als zwanzig Jahre lang alleine gelebt mit ihren beiden Mietern, dem Iraner über ihr und ihrer ältesten Enkelin in der Dachwohnung. Sie war nicht einmal in ihrem Haus gestorben, sondern im Krankenhaus. Sie hatte also doch gar nichts mehr in diesem Haus verloren. Die Mutter war längst woanders. Alle Beteiligten waren längst woanders.

Als sie am nächsten Morgen aufwachte, kam es ihr vor, als sei ihr ein neues Leben geschenkt worden, in dem sie froh war und Freude erlebte. Sie freute sich darüber, dass sie lebte.

Sie kehrte in ihren Gedanken wieder zur Familien- Aufstellung zurück. Der Familie, die sie im Halbkreis hinter sich aufgestellt hatte und der sie den Rücken zukehrte, wendete sie sich jetzt zu. Sie drehte sich plötzlich zu ihnen um und sagte sie anschauend: „Ich möchte zu euch gehören!" Betretenes Schweigen, denn sie war fortgegangen, hatte die Familie hinter sich gelassen in der Meinung, sie würde von ihr nicht unterstützt, im Gegensatz zur Schwester, der von Anfang an Schutz und Unterstützung zu Teil wurde. Sie hatte doch ihre Familie immer abgelehnt, eben wegen der Tatsache und dem Gefühl, sie sei nicht unterstützt worden, sie sei alleine gelassen worden, ja sie sei nicht gewollt gewesen, ungeliebt, was sich für sie in der mangelnden Unterstützung sichtbar ausdrückte.

Jetzt wollte sie dazugehören? Es war doch gar niemand mehr da bis auf ihre Schwester. Ihre Schwester lebte mit ihrem Mann inzwischen alleine, denn die Kinder waren seit langem ausgezogen und hatten eigene Familien. Das Sofa, das ihre Schwester ihr zum Übernachten in ihrem Eigenheim vor der Schlafzimmertür von ihr und ihrem Mann anbot, wenn sie zum Friedhofsbesuch und anschließendem Kaffeetrinken mit ihrer Schwester, anreiste, wollte sie nicht benutzen. Sie war kein Bettvorleger. Lieber fuhr sie an einem Tag 5 Stunden hin und 5 Stunden zurück. Bis sie es leid wäre.

Sie wollte nicht mehr dazu gehören, ihre Eltern waren doch tot und das Haus leergeräumt, ihre Mutter lebte doch schon lange alleine, gab immer mehr Funktionen ab und ließ die Wohnung ausleeren von Enkeln und Enkelkindern und Urenkeln.

Die Zugehörigkeit hatte sie abgelehnt. Sie selbst hatte sich außerhalb des Familienkreises gestellt. Mit Grund. Gewiss mit gutem Grund.


Sie wusste, dass ihre Bedürfnisse jene waren, die sie unerfüllt von früher mit sich herumtrug. Es war schwer, davon zu lassen. In diesem Moment rief N. in den Tunnel hinein, sagte, dass er im Kino war und anschließend in einer Disco, deshalb würde er sich so spät in der Nacht melden, eigentlich sei es schon morgens, denn es war 3.09 Uhr, es sei also nicht wegen „seniler Bettflucht" gewesen, dass er so spät in den Tunnel hineinriefe und ein Treffen am nächsten Tag vorschlug, ein Sonntag. Aber sie war schon eingeschlafen und hörte erst am nächsten Morgen, was in der Luft hing, fing das auf.

Es war ihr unmöglich, die Verabredung mit sich selbst zum Malen zu verschieben, deshalb schlug sie den übernächsten Tag vor.

Sie malte in der Tat den ganzen Nachmittag bis in den Abend hinein. Erfolgreich, wie sie glaubte. Sie sprach hier von Glauben, denn ihr Eindruck konnte sich ad hoc drehen. Jedenfalls für den Moment war sie glücklich, denn sie hatte das, was zu viel auf der Leinwand war, „entsorgt". Sie übermalte drei Bilder und schuf ein neues, das möglicherweise später auch übermalt werden würde. Es war eine Erleichterung, dass sie nicht mehr so viel mitschleppte, der ganze Müll weggekippt wurde. Es hatte sie geradezu nervös gemacht und gereizt, eine Reizüberflutung eben. Aber jetzt wollte sie etwas kürzertreten und nicht alle Farben, die es gab, auftragen. Auch die Farbgebung änderte sich, sie war Magenta überdrüssig geworden, stattdessen gewannen jetzt Ocker und angrenzende Farben an Raum, gedämpftes Gelb, gedämpftes Hellgrün, aber sichtbar wurde auch wieder ihre gebrochene Seele. Zerbrochene Linien, Trümmer. Es gab kein Entrinnen, kein Entkommen. Es war so. Gut war, dass es nicht mehr so über alle Maßen bunt war, sondern stattdessen eine gewisse Ruhe eingekehrt war. So ruhig war es nun auch wieder nicht. Auf dem neuen Bild hatte sie erst mit Acryl gemalt, später war sie mit Öl darüber gegangen. Das war eine ganz gute Lösung. Der Untergrund kam hier und da zum Vorschein, rosa, hellblau und schwarz. Sie übermalte die Farben zwar, aber nicht gänzlich, so blieben zum Beispiel schwarze Ränder stehen, zudem hatte sie vor, das Gesicht mit Bleistift hinein zu zeichnen, das sie in der Malerei gesehen hatte, eine Frau, die sie bis zur Hüfte sehen konnte.

Sie war froh, dass sie ihre Verabredung mit sich selbst nicht für ein Date hatte fahren lassen, denn es erfüllte sie, es trieb sie, was ihre Malerei anging, in die Auseinandersetzung mit sich selbst bis auf den tiefsten Grund, der möglich war.

Sie hatte den blutigen Pfeil übermalt.....

Der Nachmittag mit N., einem Lehrer, der ihr eine pinkfarbene Gerbera mitbrachte, war durchweg nett, aber wie er später sagte „ohne Erfolg", denn er suchte wahrhaft oder angeblich eine Tennispartnerin, da er verrückt nach Tennis sei. Hinzu kam Badminton und anderes. Es war für ihn so wichtig, dass er sich eine Partnerin, die nicht auch so versessen auf Tennis war, nicht vorstellen konnte - vielleiht war es auch nur vorgeschoben -, überdies habe er kein Interesse an Kunst und Kunstaustellungen. Das langweile ihn eher, weil es keine bewegten Bilder seien bzw. die Bilder ihn nicht bewegten wie etwa ein Kinofilm. Kürzlich hatte er „Der verlorene Sohn" gesehen, auch weil sein Bruder schwul sei. Zum Kaffeetrinken waren sie ins Café Gnosa gegangen, eine alt eingesessene Schwulenkneipe.

Was sie nicht zusammenbrachte, waren seine wirklich breiten, fleischigen Hände mit kurzen Fingern und dagegen sein schlanker, fast hagerer Körper von ca. 1,90 m. Sie hatte zeitweilig den Eindruck von einem Intellektuellen sowie von einem Fleischer. Seine Frau war seit 2 ½ Jahren tot. Nach einem Jahr ging er eine neue Beziehung ein, die aber für eine Partnerschaft nicht geeignet sei, jedoch für eine gute Freundschaft zum gemeinsamen Kochen, Skaten, Tanzen in der Disco, etc..

Eigentlich hätte sie es wissen müssen, dass ihrem Treffen keine weiteren folgen würden, denn beim Verlassen des Cafés sagte er, sie könne doch die Gerbera, die die Bedienung auf ihre Bitte hin in ein kleines Wasserglas gestellt hatte, auf dem Tisch für die nächsten, die den Tisch besetzen würden, stehen lassen. Aber sie packte sie dennoch in ein feuchtes Papiertaschentuch und steckte sie ein, schenkte sie aber später einer jungen Frau. Sie wusste, dass sich die junge Frau freuen würde.

Auch bei ihrem vorangegangenen Date mit dem Reptil gab es ein Anzeichen, dass es nicht weitergehen würde. Als er ihre Kunstpostkarte in der Mitte knickte und die entstandene Kante nochmal mit den Fingernägeln mit Druck nachzog, um die Kante zu schärfen, wusste sie, dass er höchst unsensibel war. Es frappierte sie, dass er das Gemälde auf ihrer Karte einfach so, mir nichts dir nichts, knickte. Es war doch ein Anzeichen, dass er für Kunst nichts übrighatte, sie nicht respektierte, das, was ihr am Herzen lag. Andererseits war eine Malerei zu sehen, die schon lange zurück lag und in einem Stil gemalt, den sie nicht mehr anwenden würde, den sie selbst innerlich „geknickt" hatte?

Sie war sich nicht sicher, ob sie sich vielleicht doch ab und zu mit N. treffen würde, denn sie mochte seine längeren Erzählungen, die er als Sprachnachricht, die in Text umgewandelt wurden, sendete. Sie hatte ihm gemailt, ob er gut nach Hause gekommen sei und dass sie eine Donauwelle verspeist hätte, woraufhin sie prompt eine längere Erzählung zugeschickt bekam
Sie dachte an seine verstorbene Frau, die die Kinder großzog, aber nicht außerhalb des Hauses berufstätig war. Sie litt an einer langjährigen Krankheit, die Depressionen nach sich zog und

schließlich Alzheimer. Sie sagte oft, dass sie nicht mehr leben wollte. Er hatte ihr versichert, dass er etwas unternehmen würde, wenn ihre guten Phasen nicht mehr überwiegen würden. Für den Fall hatte er Tabletten gesammelt und, wie er sagte, hätte er kein Problem damit gehabt, seine Frau zu „erlösen", aber sie starb dann ganz plötzlich, als er kurz aus dem Zimmer ging, um Fotos zu holen, die ihr beweisen sollten, dass ihre Enkelkinder, mit denen sie auf den Fotos zu sehen war, am Wochenende bei ihr gewesen waren, denn sie behauptete, dass sie sie lange nicht gesehen hätte. Als er wieder in das Zimmer zurückkam, war sie tot.

Nach dem Essen in der Koppel 66 bat N. zu ihrem Erstaunen um einen Nachschlag mit der Begründung, dass es so etwas früher einmal gab. Er bekam seinen Nachschlag. Sie glaubte, dass er gut für sich sorgen konnte, dennoch irritierte sie dieses Verhalten, was wirklich aus einer anderen Generation stammte und nur noch von einigen Leuten in Anspruch genommen wurde.

Bevor sie ihn traf, hielt sie sich oben in der Bahnhofshalle bei „Presse und Buch" auf, es gab dort Sitzgelegenheiten und Tische, an denen sie schreiben konnte. Ein Farbiger breitete seine Papiere aus. Da sie lächelte, nahm er die

Gelegenheit beim Schopfe und bat sie um Hilfe. Er müsse einen Brief an den neuen Wohnungseigentümer schreiben, denn seine Mitbewohner seien ausgezogen, er bräuchte eine Bestätigung, dass er jetzt der alleinige Mieter war. Meldebestätigung und das Schreiben des alten Vermieters hatte er bereits kopiert. Sie tat ihr Bestes, schrieb den Brief. Allerdings stimmte die Adresse nicht, Gott sei Dank hatte sie ihn nochmal gefragt, doch hatte er auch nicht die richtige Adresse, war unsicher, deswegen telefonierte sie kurz entschlossen und erhielt so die tatsächliche Anschrift und den Namen der Sachbearbeiterin. Außerdem hatte sich herausgestellt, dass er noch andere Papiere von ihnen brauchte, also machte sie ein Kreuzchen und schrieb unten auf dem Schreiben das Anliegen. Alles in allem war der Brief schließlich fertig, verschlossen und frankiert, so dass sie beruhigt zu ihrem Date gehen konnte. Guiyu aus Nigeria war sehr froh und wollte mit ihr gerne in Kontakt bleiben, aber das war ihr zu viel, sie schrieb aber seine Telefonnummer auf. Er hatte bei Amazon gearbeitet, fuhr jeden Tag zwei Stunden hin und zwei zurück. Jetzt hatten sie ihm gekündigt und ihm dann geschrieben, dass sie ihn doch gerne wieder einstellen würden. Er wird das machen, aber sucht auch eine Arbeitsstelle, die in der Nähe liege. Seit 12 Jahren lebte er in Deutschland. Nun musste sie aber wirklich gehen.

Sie zeichnete in der neuen Malerei das Frauengesicht, das sie auf einem Teil der Fläche gesehen hatte und tauchte ab in das dunkle System.

Je tiefer sie eintauchte, desto hörbarer wurde die zunächst leise Melodie, dann erkannte sie sie. Ja, das war damals, als sie noch blutjung war und verliebt in einen Klassenkameraden, in P., der ihr den Hof machte. Jedoch vergaß sie dabei, dass er ihr gesagt hatte, dass er schon eine feste Freundin hätte und mit ihr nur Zärtlichkeiten austauschen wolle, das würden er und seine Freundin sich erlauben, weil sie noch so jung seien. Sie wusste nicht mehr, wann er es ihr gesagt hatte, jedenfalls war es da schon zu spät, sie hatte den Kopf verloren und fühlte sich auf einmal weggestoßen, als sie mehr wollte. Diese Melodie, die sie hörte, begleitete sie nun schon ein Leben lang, weil es ein unvergänglicher Hit geworden war, und so konnte es sein, dass sie das Radio anstellte und plötzlich diesen Song hörte, der sie zurücktrug in längst vergangene Zeiten, die so frisch in ihr auftauchten, als passierten sie gerade eben. Nun gerade, während sie den Song hörte, dachte sie, dass sie ihm verzieh, was bewirkte, dass sie ihm eine E-Mail schrieb und fragte, ob er auf ein Treffen Lust hätte, denn sie sei Anfang nächsten Monats in der „Heimat". Vielleicht war es eine überstürzte Handlung, das würde sich erweisen. Aber verzieh sie auch sich? Konnte sie sich verzeihen, dass sie nicht in der Lage war, ihre Bedürfnisse zurückzustellen und zu akzeptieren, dass er gab, was er geben konnte und wollte ohne seine Beziehung zu seiner festen Freundin zu gefährden? Wenn diese stürbe, dann jedoch wollte er sie zu seiner festen Freundin machen. Das war zu viel für sie. Zumal er, nachdem sie sich zurückzog, postwendend zu einer anderen Klassenkameradin eine Zärtlichkeitsbeziehung aufbaute. Sie kam über die Kränkung und Demütigung, auch jener, die sie sich selbst zufügte, indem sie auf einer Klassenfahrt im Liegewagen seine Füße mit Zärtlichkeiten bedachte - sie lag mit dem Kopf neben seinen Füssen - während er Kopf an Kopf liegend mit der neu auserkorenen Klassenkameradin knutschte, nicht hinweg. Das war das Schlimmste, dass sie sich selbst so tief erniedrigt hatte. Mit ihrer E-Mail knüpfte sie an die Liebesgefühle für ihn an und vergaß, während sie den Song hörte, die Erniedrigung, die er ihr und sie sich selbst zugefügt hatte. Erniedrigte sie sich jetzt mit ihrer E-Mail nicht nochmals? Hatte sie vergessen, dass sie sich seinetwegen umbringen wollte und die brüske Zurückweisung ihr weiteres „Schicksal" nach sich zog.? Das glaubte sie zumindest.

Sie hörte ein Geräusch, als wenn Kaffeebohnen gemahlen würden. Hier unten? Gab es hier eine Rösterei? Ein Café? Der Duft sagte ihr, es wurde eindeutig Kaffee aufgebrüht. Aber sie hatte nicht einmal Lust, dem Duft nachzugehen. Und selbst wenn sie ein Café entdecken sollte, es war doch sowieso immer dasselbe. Was hatte sie dagegen, dass etwas immer dasselbe war? Das konnte es per se nicht sein. Die Bedienung konnte gute Laune haben oder schlechte oder jemand Neues war eingestellt worden oder es war wegen Krankheit geschlossen. Die Zeitungen waren immer vom Tage, es sei denn, es wurden nur Magazine ausgelegt. Natürlich, auch in den Zeitungen, so könnte man behaupten, stünde immer dasselbe.

Gestern hatte sie im Café eine junge Frau aus Zürich getroffen, die im großen Saal der Elbphilharmonie an einer Konferenz teilgenommen hatte. Sie schwor aufs Reisen, weil sie immer etwas Neues erwartete, auch wenn die Verkaufsketten in allen Großstätten dieselben seien, die mit Touristen vollgestopften Einkaufsstraßen, der Beton, der sie umgab und doch gab es immer noch Unterschiede, behauptete sie, in der Stimmung, den Düften, dem Essen, der Sprache, der Kleidung. Sie war dafür, dass die Schweiz nicht der EU beitrat, aber das würde wohl irgendwann kommen. Sie würde ihre schweizerischen Franken gerne behalten. Wir haben keine „Merkel", ein einziges Oberhaupt, sagte sie, sondern die Regierung der Schweiz bestehe aus den sieben Mitgliedern des Bundesrates. Die Züricherin war Mitglied der Natur- und Umweltorganisation WWF (Wappentier: der große Panda). Sie nahmen im Gespräch mal kurz die Welt auseinander....

Trotzdem, während die Schweizerin reiste, schmorte (oder schmollte?) sie im Tunnel.....
„und freute sich, dass die Kacheln im Bad wieder glänzten.

Sogar in den Tunnel war es gedrungen. Das türkische Erdogan Regime hatte schon wieder ohne Begründung Journalisten ausgewiesen, darunter den Journalisten vom Tagesspiegel, der seit 22 Jahren vor Ort arbeitete. Mit ihm verloren zwei weitere die Akkreditierung und 130 Journalisten seien im Gefängnis, auch vom ZDF wurde ein Journalist ausgewiesen und …

Das Reptil würde sie wohl nicht mehr treffen. Denn er war hauptsächlich abwesend, bei der Familie in Würzburg und viel mit seiner „Exfrau" unterwegs, in Afrika, im Theater, bei den erwachsenen Kindern,…

Sollte sie noch tiefer in den Tunnel verschwinden, schwinden….sie hatte ja in jungen Jahren schon ganz konkret an „Schwindsucht" gelitten.

Es fiel ihr immer schwerer, den Tunnel zu verlassen. Gestern ging sie bei strömendem Regen in den Park, weil sie dachte, dass er hundefrei wäre, oder zumindest die Hunde angeleint sein würden. Aber nichts da. Manchmal sind die Hunde Halterinnen rücksichts- und verständnisvoll und leinen an, wenn sie darum bat. Aber gestern waren drei rabiate Frauen unterwegs mit ihren großen, freilaufenden Hunden, sie waren nicht bereit, die Hunde anzuleinen, obwohl am Parkausgang und Parkeingang auf dem Schild stand, dass Hunde anzuleinen sind. Das hatte sie nicht einmal ins Feld geführt, trotzdem wurde sie beschimpft. Eimsbüttel ist jung, schick und frech geworden, arrogant. Es ging nur noch um Kohle, um Schick, um ihre Hunde und Kinder. Jede Familie und sogar die Einzelpersonen, alle hatten sie Hunde und waren der Meinung, Hunde hätten Vorrecht in der Natur, von der sie durch Herumwetzen profitieren sollten, aber die Regeln, um die Natur zu schützen, die sie gerade ausnutzten, wiesen sie aggressiv ab. Selbst dort, wo groß und breit stand, es handle sich um einen geschützten Uferbereich, erbosten sie sich, wenn sie darauf aufmerksam gemacht wurden. So wie auch in Övelgönne am Strand. Sie pfeifen auf die Schilder und auf Menschen, die Angst haben. Mow. geht auch nicht mehr runter zur Elbe, obwohl sie in der Nähe wohnt, aber ihr rauben die Hundetreffs auch die Ruhe, obwohl sie noch jung ist.

Kürzlich hatte ihr eine Familie mit drei Kindern im Park am Hamburg-Haus ihr Leid geklagt, denn ihre Kinder hatten Angst vor diesen selbstherrlichen Besitzern mit ihren Hunden. Es gab aber immer mal wieder Ausnahmen unter den HundehalterInnen, die sehr freundlich und verständnisvoll reagierten. Gestern hatte sie zum ersten Mal ihr Handy gezückt, um die Bande zu fotografieren, denn sie kam einfach nicht weiter, sie versperrten mit ihren Hunden den Weg und leinten sie nicht an. Da wurden sie noch böser, als sie es schon waren. Sie fragte sie, was sie denn machen sollte? Sie hätten mein freundliches Bitten in den Wind geschlagen! Unsozial, ja unsozial ist Eimsbüttel geworden.

In der Bücherhalle lieh sie sich französische Bücher und Zeitschriften aus. Als sie sich einen Moment ausruhte, setzte sich dicht zu ihr eine junge Ausländerin, die ein Buch herausholte und sie alsbald fragte, was das Wort „Premiere" bedeutete, das Wort „ließ" und noch ein paar andere Wörter, es war ihr, als wenn sie geprüft würde. Dann fragte sie sie, welchen Beruf sie hätte und ob sie ihr nicht bei der Prüfung für den Realschulabschluss helfen könnte, das Fach Geschichte würde schriftlich geprüft. Also verabredeten sie sich für Montag. Sie kam aus Afghanistan, seit ihrem dritten oder vierten Lebensjahr lebte sie aber mit ihrer Familie im Iran. In Deutschland waren sie schon vier Jahre, zuerst in Stralsund, dann in Bergen, jetzt in Hamburg. Sie wohne mit ihrer Familie bei ihrem Bruder in Fuhlsbüttel und suche für sich eine Wohnung…

Sie wusste nicht, ob sie richtig gehandelt hatte, indem sie sich mit ihr verabredete, denn sie hatte Sorge um ihre Ausdauer. Sie hatte bemerkt, dass ihre Ausdauer und Konzentrationsfähigkeit gesunken waren. Früher konnte sie mehrere Stunden am Stück schreiben oder malen. Das ging seit ungefähr einem Jahr nicht mehr. Zwei, drei Stunden morgens und nochmal nachmittags, dann war Schluss. Das machte ihr Sorgen. Die Zeit, die sie durch die Einbuße jetzt zur Verfügung hatte, nutzte sie zum Spazierengehen, zum Lesen, aber es war alles nur flüchtig. Bereits wenn sie verabredet war, hatte sie Sorge, nicht durchhalten zu können. Es gab jedoch Tage, an denen es besser ging.

Sie musste doch wieder mit Magenta malen, sie kam an dieser Farbe nicht vorbei.....

Aber dann war ihr Magenta doch zu stark, ausdrucksstark, es erdrückte sie, also schwächte sie es ab, zunächst durch Weiß. Der entstandene Ton gefiel ihr nicht, das Weißgemisch. Sie wusste zunächst nicht, woran es lag. Sie gab sich nochmal große Mühe und besänftigte alle Farben, die sie auf der Leinwand aufgetragen hatte, vor allem störte sie zunehmend der Braunton, bei dem sie sich wohl Wege vorgestellt hatte und das massive Blau für das Wasser. Nicht umsonst kommentierte J., der sie ein Foto geschickt hatte, dass es sie an den kleinen Park mit dem Weiher erinnere. Die Veränderungen, die sie später an dem Bild vorgenommen hatte, gefielen J. nicht mehr. Aber für sie selbst war es jetzt einheitlicher, nicht mehr so zerrissen, wenngleich das Bild aus Bruchstücken oder wie Mow. sagte, aus Flächen bestand, die reliefartig wirkten wegen der Ölschichten, die übereinander gemalt waren. Eher würde sie jetzt an einen Rosengarten denken als an den Weiher. Sie bedurfte offensichtlich doch nicht so viel blaues Wasser wie sie glaubte. Sie war mit der geschaffenen Harmonie des Bildes zufrieden. Das sei ihre Stärke, das wurde ihr immer wieder gesagt. „Die Harmonie der Farben und Formen hast du drauf!", sagte kürzlich Co.., das kostete sie viel Arbeit, und sie hatte immer das Gefühl, sie würde es nicht schaffen, den Weg zu Ende zu gehen, aber sie tat es, weil sie anders nicht „schlafen" konnte.

N., der Lehrer, hatte ihr geschrieben, ob sie ihm sagen könnte, welches der Fotos, die er hochgeladen hatte, er löschen sollte. Sie empfahl ihm, die Freundin zu fragen, die mit ihm seine Kleidung aussuchte. Auch empfahl sie ihm, ein Portraitfoto hochzuladen, auf dem er in die Kamera schaute, damit man seine Augen sähe. Sowie auch ein Foto, auf dem er Tennis spielend zu sehen war. Denn das war seine Leidenschaft, er suchte ja dringend eine Partnerin, die auch leidenschaftlich gerne Tennis spielte, es sei denn, er hatte es nur gesagt, um sie abzuwimmeln.

Er schrieb ihr dann abermals, als er ein neues Portraitfoto, auf dem er in die Kamera schaute, hochgeladen hatte, und das war wirklich ein sehr gelungenes, freundliches Bild. Inzwischen hatte er auch zu einer Frau Kontakt, die, wie er schrieb, gerne und viel Tennis spiele.

Er würde sicherlich bald eine Partnerin finden, denn es kam ihr so vor, dass die, die schon mal verheiratet waren, sich auch recht schnell wieder banden, während sie als notorische Einzelgängerin das vielleicht auch bleiben würde.

Es gab auch unangenehme Post auf dem Portal. Jüngst meldete sie jemanden, der sie unter der Gürtellinie anmachte, widerlich, ekelhaft. Das hörte sie auch von anderen Frauen. Männer waren doch in erster Linie Dummköpfe, abgesehen von den Netten….

Sie widmete sich wieder ihrer Malerei, suchte nach Farben und Formen…

Die aus Afghanistan stammende Iranerin, mit der sie die Weimarer Republik durchnehmen wollte, legte Texte auf den Tisch, deren Sinn sie verstehen wollte: „Wie funktioniert Werbung?"/ „Wenn Kinder erwachsen werden"./ „Körperkunst mit archaischen Methoden". Nach dieser Arbeit ging es um Rechtschreibung. Dazwischen machte sie mündlich eine Inhaltsangabe zu einem deutschen Film, der ihr sehr gefallen hatte. Ein Mädchen wollte nicht, dass ihr Opa ins Heim kam und brannte mit ihm nach Italien durch.

Weil sie Medizin studieren wollte und besorgt war, ob sie es soweit schaffe, erzählte sie ihr von dem Büchlein „Fatima", das verfilmt wurde, in dem aus dem Leben einer algerischen Familie in Frankreich erzählt wurde. Eine Tochter vernachlässigt die Schule, ist aufsässig, die andere möchte Medizin studieren und lernt mit Ausdauer, so dass sie die Aufnahmeprüfung schafft. Am Ende steht die Mutter in der Uni und sucht auf der Liste mit den Namen derer, die bestanden haben, den ihrer Tochter, als sie ihn gefunden hat, lächelt sie, sie ist stolz und fühlt sich anerkannt.

Zwei Stunden hatten sie gearbeitet. Die 18-jährige junge Frau trank zwischendurch aus einer Flasche ihren Tee und war müder als sie selbst. Sie war vor dem Termin schon auf dem Amt gewesen, denn sie war in die Flüchtlingsunterkunft nach Harburg umgezogen, weil das Wohnen mit ihrem Bruder schwierig war.

Sie verabredeten sich für kommenden Donnerstag. Es hatte ihr Spaß gemacht, und sie hatte sich nicht überfordert gefühlt.

Sie griff zu ihrer neuen Lektüre: „Rien où poser la tête" von Francoise Frenkel mit einem Vorwort des Literatur Nobelpreisträgers Patrick Modiano. Es stand in der Zentralbücherei bei den Sachbüchern, wohl weil es die Geschichte einer polnischen Jüdin beschreibt, die 1921 in Berlin eine französische Buchhandlung eröffnet. 1939 ist sie gezwungen, Deutschland zu verlassen. In Paris hat sie jedoch auch keine sichere Bleibe und flieht 1943 in die Schweiz..... Der Titel des Buches sagt es schon: Nichts, wo der Kopf sich ausruhen könnte......

Yin Yoga wartete. Sie hatte sich wegen der Schmerzen in der Nacht, während sie die Sendung „Fazit", die Kultur vom Tage, hörte, mit einem Tennisball ihren Po massiert, da, wo sie glaubte, dass der Ischias sie quälte. Es war ein schmerzhaftes Hin- und Her Rollen, aber das sollte ja die Faszien lösen…..

Vielleicht würde doch alles besser, das Wetter machte heute den Anfang….Sie hatte den Drang zu einem positiven Ausblick….

In der Süddeutschen vom 20.3.2019 las sie den Artikel „Die Unerhörten", Untertitel: „Sie wurden zensiert, verfolgt und verhaftet: Texte von Autoren und Autorinnen aus der DDR für die Leipziger Buchmesse unerreichbar". Es ist unglaublich, aber Günter Ullmann, geb. 1946 (nur zwei Jahre jünger als sie), der unter den „massiven Stasi-Verhören" litt, wird mit folgender Aussage zitiert: „Nach diesen Verhören litt ich unter Verfolgungswahn, unternahm zwei Selbstmordversuche und musste mich mehrfach in psychiatrische Behandlung begeben. Ich ließ mir alle Zähne ziehen, im Glauben, in meinem Mund seien Wanzen versteckt."

Auch Heidemarie Härtl, geb. 1943, stand unter „umfassender Observation durch die Staatssicherheit", die in ihrem späteren Leben zur „Einlieferung in die Psychiatrie" führte.

Aus ihrem Roman „Puppe im Sommer" wird folgende Passage zitiert: „Die Bedürfnisse des

Körpers helfen, die Motive zu finden. Der Wahn als Reserve der Wahrheit. Ich will in Relevanz leben. Begegnungen ohne Liebe sind für mich irrelevant. Die Form des Tages gibt zu wenig her. Ich verlange Transzendenz. Ich bin nicht inspiriert. Ich trinke Kaffee und hoffe. Das ist es. Ich muss nachdenken. Ich brauche Zeit. Die Empfindungen des Tages: eine gelbbraune Sonne, ein Lüftchen, ein Gesprächsfetzen. Mehr wünscht man sich doch nicht. Menschen mit Wimpern und gewölbten Fingernägeln, mit Haut wie der eigenen, Menschen, die in der Lage sind, das zu sehen - die Härchen auf den Armen zum Beispiel."

Beim nächsten Deutschtermin mit der jungen, iranischen Flüchtlingsfrau erzählt diese, dass sie gar nicht 18, sondern 24 Jahre alt sei. Sie hatte das wohl falsch verstanden. Vielleicht hatte sie nicht gesagt: 18, sondern über 18.? Ihr Bruder kam mit 15 Jahren nach Deutschland und lebt seit 8 Jahren in Hamburg, studiert bereits, er möchte Bauingenieur werden. Ihre Eltern, ihre Schwester und sie selbst kamen vor vier Jahren. Montag beginnt sie mit dem Deutsch- und Integrationskurs B2, er findet jeden Tag von 8.00 Uhr oder 9 Uhr bis 13.30 Uhr statt. Abends ab 18.00 Uhr besucht sie die Abendschule mit dem

Ziel, den Realschulabschluss zu machen. Zweimal die Woche trafen sie sich zusätzlich in der Zentralbücherei. Bei ihrem heutigen Treffen war das Fach Gesellschaft dran. Es ging um die Rolle der Kirche im Nationalsozialismus. Die junge Frau benutzte ihr IPhone, und fasste, was sie dort las, zusammen. Danach ging es um das Fach Englisch, um die englische Inhaltsangabe zu dem Film „Out of Arica" und um eine eigene Meinung dazu. Nach dem Treffen wollte sie zum Wohnungsamt, um eine eigene Wohnung zu beantragen. Sie ist sehr zielstrebig. Die junge Frau empfahl ihr, ein besseres Smartphone zu kaufen, weil es immer stockte. Andere hatten ihr das auch schon empfohlen. Ja, das musste sie bald einmal machen.

N.. hatte ihr geschrieben, dass der Kontakt mit der Tennisspielerin noch nicht persönlich geworden sei. Weder er noch sie hätten bislang ein Treffen vorgeschlagen, und er fragte sie, wie es um ihren Kampf mit der Farbe Magenta stehe, dass die Telecom doch ihre natürliche Partnerin sei, die ja vielleicht eine Vernissage sponsern könnte…. Überdies fragte er, wie sie seine neuen Fotos fände, ob die in Ordnung seien. Sie schrieb, dass sie in Ordnung seien, womit sie seinen Begriff aufnahm, aber dass jenes Foto fehle, auf dem er in die Kamera schaute, sie schrieb weiter, dass er und die Tennisspielerin sich doch mal unverbindlich zum Tennisspielen treffen könnten mit anschließendem Cafébesuch. Er antwortete, dass er das besagte Foto unbedachterweise gelöscht habe, und dass er warten wolle, bis die Tennisspielerin ein Treffen vorschlage, sie hätten schon einige längere Mails ausgetauscht, er schrieb von ihr als „meine Tennisfreundin". Warum er warten wolle, bis diese den Vorschlag zum Treffen mache, dass sei ihm zu kompliziert, ihr das zu erklären. Weil sie 6 Jahre jünger war? Vielleicht wartete er generell darauf, dass die Frauen ein Treffen vorschlugen, denn das hatte sie auch gemacht, und er hatte sofort reagiert.

Das Reptil hatte ihr geantwortet, nachdem sie ihn gefragt hatte, ob das mit seiner Arbeit an der Uni oder im Krankenhaus geklappt hätte. Er schrieb, dass er sie nächste Woche treffen wolle, um ihr seine Fotos, die er kürzlich in Afrika aufgenommen hatte, zu zeigen, nächste Woche Dienstag und Mittwoch seien für ihn gute Tage, ob sie da Zeit hätte. Hatte sie und schlug deshalb Zeit und Ort vor.

Die iranische Flüchtlingsfrau würde sie wahrscheinlich nicht wiedertreffen, es sei denn zufällig. Sie musste nach dem letzten Treffen zum Wohnungsamt und brach ganz plötzlich auf, als sie die Uhrzeit feststellte. Sie hatten nichts abgemacht und hatten auch nicht die Telefonnummern ausgetauscht. Es war wohl nicht schlimm, denn mit ihrer Abendschule und dem Tageskurs, dem Integrationskurs, war sie ausgelastet.

Heute war ihr, als wenn der Tunnel ein Zug wäre, ein Nachtzug, der endlos fuhr wie damals nach Wien und sie, als Kontaktlinsen Trägerin, ihre Linsen nicht herausnahm, weil sie Ängste überfielen, dass ein Mann sie drangsalieren könnte. Als sie dann morgens in Wien angekommen war, behielt sie die Linsen auch den ganzen Tag über auf den Augen, und da es sehr frostig war zu dieser Weihnachtszeit und sie in Angst erstarrt war, machte sie ihre an diesem Tage gefundene Hostelunterkunft rückgängig und fuhr mit dem Abendzug wieder zurück, nachdem sie der Stadt eine kurze Stippvisite abgestattet hatte. Sie konnte nichts von der Euphorie, die diese Stadt bei vielen auslöste, nachempfinden und war froh, als sie wieder im Zug saß. Jedoch brannten bereits ihre Augen, und sie musste, in HH angekommen, mit der Feuerwehr ins Universitätskrankenhaus gefahren werden, wo man sie von den Schmerzen entband, in dem man es schaffte, die Kontaktlinsen zu entfernen.

In ihrem Tunnel-Nachtzug war es stockdunkel bis auf wenige Plätze, die beleuchtet waren. Sie schien keinen festen Platz zu haben, denn sie floh geradezu die schmalen Gänge entlang. Suchte sie etwas? Suchte sie einen Halt? Sie hätte sich doch überall festhalten können, sogar einen Sitzplatz suchen können. Aber nein, sie öffnete nicht einmal eine Abteiltür. Wie außer sich hastete sie durch den langen Zug, dessen gleichmäßiges, wenn auch superschnelles Rasen sie unaufhörlich anfeuerte, weiter zu laufen, als wenn sie eine Haltestelle suchte, den Zug zum Anhalten zwingen wollte. Aber er scherte sich nicht um sie, er hatte noch nicht einmal eine Ahnung von ihr, er brauste vorwärts, hatte ein Ziel vor Augen, von dem sie nichts wusste. Für sie war es eine endlose Tunnelfahrt. Ihr nächtlicher Traum flackerte in ihr auf. Sie sah das rote Herz, von dem sie geträumt hatte, ein rotes Organ, dass sich außerhalb ihres Körpers befand. Sie hielt es in ihren Händen und trug es zu einer steinernen Pyramide, die sie aufschloss. Sie ging hinein und deponierte das Herz. Danach verließ sie die

Pyramide, schloss ab und warf den Schlüssel weg. Wieso hatte sie das geträumt? Sie erinnerte sich, dass sie kurz zuvor einen Cappuccino mit Hafermilch bestellt hatte, normalerweise bekam sie ihn immer mit einem in dem Schaum aufgezeichneten Herzen. Aber diesmal, vielleicht weil viel los war, nicht. Sie war verstört und hatte das Gefühl, das Getränk ohne Herz könnte vergiftet sein. Sie wurde auf der Stelle totunglücklich und sagte, dass sie den Kaffee nicht ohne Herz trinken könnte. „Nächstes Mal bekommst du ein ganz großes!", sagte der nette Afgane, aber damit war ihr Unglück nicht behoben. Also sagte Mikel: „Ich mach dir einen neuen!" Seine Kollegin Majo sagte daraufhin, „Das darf er nicht!" Mikel machte ihr trotzdem einen neuen mit Herz, sie war des Dankes voll und trank. An diese kürzlich geschehene Episode erinnerte sie sich gut und ja, es konnte sein, dass sie ihren Traum verursacht hatte. Denn es war wirklich frappierend, dass sie unmöglich den Cappuccino ohne Herz im Milchschaum trinken konnte. Es war, als hätte sie jemand ihrer Herzenskraft entzogen und diese konnte sie nur wahrnehmen, wenn sie das Herz bildlich sehen konnte. Gewiss, das erschien krankhaft, aber verständlich, denn war es nicht so, dass sie beständig auf der Suche nach Herzen war, auf die

Herzen der anderen Zugriff nehmen wollte, weil sie ihr eigenes verschlossen hatte und nicht freigab? Sie wollte unbedingt das Herz eines jeden erreichen, so herzlos fühlte sie sich offenbar. Sie hatte ihr Herz verloren, gekillt, weggeschlossen, wie es ihr ihr Traum in Erinnerung rief. Aber warum hatte sie sich in brutaler Weise gegen ihr eigenes Herz gestellt? So war das nicht, sondern im Gegenteil, sie wollte ihr Herz schützen und riss es sich deshalb aus dem Leib und schloss es in der Pyramide ein. Gut, aber warum warf sie den Schlüssel weg? Das war auch klar, denn sie wollte es auf ewig schützen und deshalb war der Schlüssel überflüssig, denn ihr Herz sollte auf ewig geschützt in diesem Pyramidenbunker aufbewahrt sein. Aber die Folge war, dass sie rastlos nach ihrem Herzen suchte, denn sie hatte verdrängt, dass sie selbst es weggeschlossen hatte. Fürchtete sie sich vor ihrer eigenen Herzenswärme und reklamierte deshalb die Herzenswärme der anderen?

Sie blieb einen Moment stehen, denn dieses permanente durch den Zug laufen, ließ sie außer Atem zurück. Dort, wo sie stehen geblieben war, sah sie eine kleine Leselampe, die eine Papierseite erleuchtete. Sie sah eine Hand, die einen Stift hielt, dessen Spitze auf dem Papier strandete. Eine junge Frau mit langen, schwarzen, glatten Haaren beugte sich vornüber. Aber sie war offenbar sehr müde und knipste das Licht aus. Die junge Frau kann wenigstens schlafen, dachte sie und seufzte. Aber in dem Moment wurde die Abteiltür geöffnet, jemand trat neben sie. „Sie gestatten?!", sagte die Stimme, die sie weder als männlich noch als weiblich einordnen konnte. Sie erwiderte nichts, die Person zog das Fenster herunter und frische Luft drang ein. „Zigarette?" fragte die Person. Sie erwiderte nichts, denn sie war immer noch konsterniert. Und überhaupt, wie ging das zusammen, das Fenster zu öffnen, um frische Luft einzuatmen und gleichzeitig diese wieder zu verpesten? Die Person steckte sich eine Zigarette an, sie begann zu husten. „Das tut mir leid!" sagte die Person und ging weiter. Vorher zog sie das Fenster wieder hoch, um es an anderer Stelle zu öffnen. Ihr schien, als hielte sie den Atem an. Sie musste weiterhasten, damit sie nicht aufhörte zu atmen. Wie traurig sie doch war. Aber sie hatte Angst, ihr Herz wieder an sich zu nehmen, denn der Grund dafür, dass sie es weggeschlossen hatte, war ja, dass sie es vor weiteren Verletzungen schützen wollte. Die Verletzungen waren schwerwiegend und nahmen kein Ende, als wenn sie bestimmt für Demütigungen, Erniedrigungen und Ablehnungen wäre. Würde sie ihr Herz wieder annehmen, müsste sie das Spüren der Schmerzen über diese Verletzungen zulassen, sie fragte sich jedoch, ob sie das überleben würde? Es war ihr auch wieder eingefallen und zum ersten Mal aufgefallen, dass ihre Mutter sie nicht einmal an ihr Sterbebett gerufen hatte, das war eine schwere Verletzung, die ihre Mutter ihr zugefügt hatte. Sie hatte sie regelrecht verschwiegen gegenüber der Erstgeborenen, auf die sie sich eingeschworen hatte, denn wahrscheinlich glaubte sie sich von ihr abhängig, weil diese inzwischen ihr Leben in ihrem letzten Lebensjahr regelte. Sie konnte nicht zu ihr stehen, sie musste sie gegenüber der Erstgeborenen unterdrücken, wegdrücken, als sei sie nicht auf der Welt, als hätte sie sie nicht auch geboren, auf die Welt gebracht. Sie hatte nicht vollends ergründet warum, aber sie vermutete, es war tatsächlich die Abhängigkeit, denn ihr Mann war schon unter der Erde, und sie hatte sonst keine Anbindung, die sie für kompetent hielt, ihre Angelegenheiten zu regeln, wenn es soweit wäre. Aber es lag auch an der Erstgeborenen, die wie ein Platzhirsch ihren ersten Platz bei der Mutter, behauptete und verteidigte und keine „Nebenbuhlerin" duldete. Die Mutter hatte ihr auch übelgenommen, dass sie die Stadt verlassen hatte, weit weg wohnte und die elterlichen Wunschträume nicht erfüllt hatte, als Versagerin galt, als eine Abtrünnige. Sie konnte all das verstehen, war aber doch schockiert, dass ihre Mutter sie nicht einmal an ihr Sterbebett holen ließ, dass sie ihren Namen geradezu verschwieg und sogar ihre geliebte Enkeltochter wagte es nicht, sie von ihr zu grüßen wegen der Erstgeborenen, die ihre Mutter war. Ihre eiserne Mutter hatte gewiss eine Zuneigung für sie, aber eine verschwiegene, unter den Tisch gekehrte, die keine Existenz bekam. So schloss sich der Kreis, denn sie hatte sie ja bereits als Embryo abtreiben wollen. Sie konnte das alles verstehen, jedoch war sie über die eiserne Haltung in ihrer dreiwöchigen Sterbezeit dennoch schockiert. Sie war ohne sie gestorben wie sie schon ohne sie gelebt hatte. Vielleicht wollte sie auch nur sagen, dass es die Rechnung für alles sei. Denn sie hatte in erster Linie Mitleid mit sich selbst, so wie sie im Endstadium, als man ihr offenbarte, dass sie einen Gehirntumor habe, sagte: „Das habe ich nicht verdient!"

Sie hatte große Lust zu schreien, nicht aus Verzweiflung, sondern aus Wut. Aber es kam kein Ton aus ihrem Mund. Sie unterbrach das Laufen durch den Zug zufällig an der Stelle, an der die müde gewordene, junge Frau das Licht ausgeknipst hatte, sie sah sie wieder hellwach vor ihrer Papierseite, einen Stift auf das Papier ansetzend. Vielleicht brauchte sie gar nicht schreien, sondern müsste wie die junge Frau einen Stift aufs Papier setzen und losschreiben, wenn sie das „b" herausnahm, war es losschreien.

Sie tastete an der Wand entlang bis sie den Griff gefunden hatte. Wollte sie wirklich die Notbremse ziehen? Es konnte jedoch im Tunnel, in ihrem Tunnel System keine Notbremse geben. Sie fasste abermals an die Stelle und fühlte keine Notbremse, die sie im Auto des Vergewaltigers, wenn sie geistesgegenwärtig gewesen wäre, hätte ziehen können, aber sie hatte sich noch nie mit dem Inneren eines Autos und überhaupt mit einem Auto beschäftigt, sie war minderjährig und einen Führerschein zu machen, war erst mit 18 Jahren möglich. Sie fühlte allein den Mörtel einer unverputzten Tunnelwand. Sie schrubbte die Stelle solange, bis ihre Fingerkuppen blutig wurden. Es gab keine Notbremse.

Ihr Herz öffnen bedeutete, dass sie verletzt werden könnte. Konnte sie das akzeptieren? Oder führte es wieder zum Verschluss? Verletzungen zulassen, sie akzeptieren. Sich deshalb nicht schämen und sich deshalb nicht schuldig fühlen. Es gab einmal das Buch „Die Scham ist vorbei" von der Holländerin Antja Meulenbelt, und es gab „me too", viele berühmte und unbekannte Frauen machten öffentlich, dass sie vergewaltigt worden waren, dass sie sexuellen Missbrauch erlitten hatten usf., sie brauchte sich nicht schämen. Allein der Täter musste es.

Das war ziemlich verrückt. Sie hatte das noch nie beobachtet. Mehrere männliche Enten, also Erpel attackierten brutal ein Weibchen. Sie war entsetzt wie auch andere, die das beobachteten. Sie versuchte sogar, sie mit dem Stock auseinanderzutreiben, sofort floh das Weibchen, und alle hinter ihr her. Immer wieder packten sie sie brutal. Schließlich googelte jemand auf ihren Vorschlag hin „Entenpaarung", da hatte schon jemand die Frage gestellt: Ob Erpel Enten auch vergewaltigen? Die Ente floh ins Wasser und alle mit ihr. Am anderen Ufer ging die Attacke weiter, bis sie offenbar am Ziel waren, denn plötzlich wurde das Weibchen los gelassen.....

N. hatte wieder sein schönes Foto eingestellt, auf dem er die Betrachterinnen anlächelte und auch ein neues, auf dem er sehr sportlich und lächelnd daherkam. Er würde sich sicher über ihre Bestätigung freuen…

Sie dachte an Ba. aus dem Café, die Syrerin, die dort arbeitete und nebenbei ihren Integrationskurs B1 bzw. B2 bewältigte. Sie war ausgesprochen nett, bedankte sich stets vielmals, wenn sie ihr nebenbei Vokabeln erklärte. Auch der Iraker, der im Café arbeitete, machte nebenbei seinen Deutschkurs. Er ist auch sehr stolz und nett. Sie machen es wie die meisten Studenten, die neben ihrem Studium arbeiten, das fand sie bewundernswert. Ba. wohnte mit ihrem Bruder in einem Zimmer bei einem ukrainischen Ehepaar, das auch noch ein zweites Zimmer vermietet hielt. Als die Person kürzlich auszog, mieteten ihr Bruder und sie auch das zweite Zimmer, so dass sie nun getrennte Zimmer haben, worüber sie sehr froh ist. Ihre Mutter saß in der Türkei fest und bekam kein Visa, sie hat es schon mehrere Male versucht. Demnächst fliegt Ba. rüber und bleibt drei Wochen.

Tief eingedrungen in den Tunnel fühlte sie sich wie mumifiziert, war gelähmt, bewegungslos, wie zu Stein geworden. War in der Bibel nicht eine Frau, deren Namen nicht genannt wurde, zur Salzsäule erstarrt, weil sie zurückgeschaut hatte und damit sah, was sie nicht sehen sollte? 1. Buch Mose 19,26 beschreibt die Flucht Lots und seiner Familie aus der brennenden Stadt Sodom. Gott verbietet ihnen, sich nach der lasterhaften Stadt umzudrehen, aber Lots Frau tat es dennoch und erstarrte zur Salzsäule.

Hatte sie nicht kurz vorher noch gesehen wie sie große Holzkisten voll Kleidung, Bücher, etc. packte und zunagelte, ca. 1 mal 1 m. Entweder war die Kiste für eine Schiffsladung bestimmt oder sie wollte sie einlagern. Für beides gab es keinen Grund. Was hatte sie vor? Was führte sie im Schilde?

Hier unten war wirklich alles möglich. Dann wiederum sortierte sie nervös Briefe. Suchte sie ein bestimmtes Schreiben? Währenddessen weinte sie. Sie zog fieberhaft eines nach dem anderen heraus, überflog es und ließ es fallen. Es war nicht klar, ob sie mit dem Lesen dieser Briefe ihre Verzweiflung und ihren Tränenfluss steigerte oder ihre Wut.

Las sie in den Briefen der Vergangenheit und würde zur Salzsäule erstarren, weil sie vorwärts und nicht rückwärts schauen sollte? Der rückwärtsgewandte Blick nagelte sie fest, fror sie ein. Der rückwärtsgewandte Blick behinderte ihre Flucht nach vorn. Stimmte das? Trugen nicht alle Menschen ihre Vergangenheit in sich, auch die, die flohen und sie ganz konkret hinter sich ließen?

Nicht nur ihre Mutter, auch ihr Vater hatte sie nicht an sein Sterbebett rufen lassen. Vielleicht auch war die Zeit zu knapp, denn man hatte ihn im Ungewissen gelassen. Ihre Mutter hatte ihr gesagt, sie solle nicht kommen, denn dann würde der Vater denken, er sterbe. Sie wohnte fünf Stunden entfernt, und wenn sie gekommen wäre, hätte er sich gewundert. Dann schoben sie ihn in ein Einzelzimmer, und er sagte zu seiner Frau, dass sie ihn zum Sterben hierhergebracht hätten, aber ihre Mutter beschwichtigte, es sei, falls er husten müsste, damit sich die anderen nicht gestört fühlten.

Sie hörte ein fürchterliches Schreien, war es im Tunnel oder außerhalb? Es war so dramatisch, dass sie sich die Ohren zuhielt. Sie war noch jung, vielleicht 10 oder 12 Jahre alt. Sie trug ein weißes Baumwollnachthemd, als sie nachts erwachte. Vielleicht war es das Schreien, dass sie aufgeweckt hatte. Sie sah das Gemälde „Der Schrei" von Edward Munch vor sich und hielt sich die Ohren zu. Der Tunnel brachte den Schrei zum Beben, er wurde zu einer bedrohlichen Annäherung, wie jener Mann, einmal Freund, der näherkam und sie lächelnd in den Schwitzkasten nahm, liebevoll seine Hände an ihre Kopfseiten legte, dann ihren Kopf so sehr zusammendrückte, dass sie den Schmerz nicht mehr aushielt und schrie. Sie schrie bis sie ohnmächtig wurde. Stunden später wachte sie Schweiß gebadet auf. Sie hatte ein türkisfarbenes Baumwollnachthemd mit Rüschen an, dass sie 19-jährig im Lungen Sanatorium trug. Die wohl 80 jährige, lächelnde Schwester in ihrem langen Schwesternkleid kam herein und fragte, ob alles gut sei. Ja, es war alles gut. Nur dass der Missbrauchstäter an ihrem Bett gesessen hatte und von ihr verlangt hatte, dass sie ihn befriedigte. Diese liebenswürdige, unter der weißen, steifen Haube immer lächelnde Ordensschwester, deren Kopf beständig wackelte, schloss bedächtig die Tür.

Der Tunnel hatte sie eingepackt wie eine Decke, umschloss sie fest wie die Decke im Sanatorium, die sie täglich draußen auf der Liege fest um ihren Körper wickeln musste. Wenn man Tbc hatte musste man liegen, liegen, liegen....

Obwohl die Decke fest um sie gewickelt und aus Beton war, strampelte sie sich für einmal frei und sah N., der ihr geschrieben hatte, dass er morgens an diesem Sonntag ausgiebig Tennis gespielt hatte, gut gegessen und nun bei den Nachbarn ein Stück Kuchen „abstauben" wollte. Da war es wieder, er war ein „Abstauber". Abgesehen davon blieb er immer freundlich, liebevoll, distanziert, denn er hatte ihr ja indirekt eine Absage erteilt, sie verstand, dass sie nicht sein Typ Frau war. Aber seine vorsichtige zurückhaltende Art, mit der er ihr antwortete, sie nicht alleine zurückließ, führten wohl zu diesem Bild, in dem sie sich an ihn schmiegte und er sie liebevoll umarmt hielt, wie wenn er sie trösten wollte. Sie war froh, auch wenn es nur ein Bild war, sie war in dem Bild aufgehoben, N. barg sie wie ein kleines Kind. Aber waren die Erwachsenen nicht auch kleine Kinder, die des Trostes bedurften? Es war sicherlich dieses Bild, das Geborgenheit in ihr auslöste, und deshalb zu einem lange nicht mehr dagewesenen, wohligen Schlaf geführt hatte. Wenn es nicht eine Überbewertung war, denn mit gemischten Gefühlen dachte sie an die „Obstler-unten-Runden", von denen er ihr aus dem Skiurlaub geschrieben hatte. Waren sie betrunken und redeten unterhalb der Gürtellinie miteinander?

Die Ausstellung „Welt im Umbruch - Kunst der 20er Jahre" im alten Bucerius Kunstforum hatte sie sehr berührt. Sie hatte das Gefühl, mehr über diese Jahre der Weimarer Republik gelernt zu haben. Sie hatte auf den Fotografien und den Ölbildern kein einziges lächelndes Gesicht gesehen, es waren düstere Gesichter vor allem. Ihr gefiel auch die Mischung von Malerei und Fotografie, die die politische Situation abbildete. Beeindruckt hatte sie u.a. die 1933 entstandene „Hitlerfresse", eine Foto Collage von Erwin Blumenfeld. Sie wurde als Fotokopie tausendfach von den Amerikanern 1942 auf Deutschland abgeworfen. Die Zeit muss sehr scharfkantig gewesen sein. Das Ende des 1. Weltkrieges. Die Arbeitslosigkeit. Veränderte, zwischen menschliche Beziehungen. Die Weimarer Republik. Das Erstarken der Rechten. Der Aufstieg der Nationalsozialisten. Die Menschen auf den Fotos und Bildern wirkten kalt, kühl, rational, herausfordernd, bewusst ist ihnen, was hinter ihnen liegt, aber in ihnen noch lebt, der unentschuldbare Krieg. Gleichzeitig wollen sie leben, müssen sie leben und kreieren ein neues

Leben, ein authentisches. Man konnte sich wohl nur ein ironisches Selbstbewusstsein angesichts der Schuld zulegen.

„Der Tod ist ein Meister aus Deutschland", sagt Paul Celan (geb.1920) in seinem Gedicht „Todesfuge"

Sie dachte an ein Ölbild, dass sie im Geiste schon entwickelt hatte: Schwarze, horizontale Balken und dazwischen halb so hohe Balken, aus denen weiße Farbe hinunterlief, über jedem schwarzen Balken, im übertragendem Sinn eine trauernde Person, die, weiß gekleidet, weinte.....

Sie überwand sich und ging zum Power Yoga. Sie glaubte, es wäre vorbei für sie, dass sie die Übung „Hund" u.a. nicht mehr schaffen würde. Aber dann erlebte sie eine wunderbare Yogastunde. Sie fühlte sich in keiner Weise überfordert. Matthias erinnerte sie alle daran, auf sich selbst zu achten, auf die eigenen Grenzen und immer wieder zum Atmen zurück zu kehren.
Später kaufte sie in der Rathaus Passage ein Buch von Pierre Assouline, dessen Buch „Lutetia" sie gelesen hatte.
Dieses Buch von 1998 trug den Titel „La Cliente", wieder spielte die Okkupation eine große Rolle.

Ihre Höhle, ihre Röhre, ihre enge Betonröhre umspannte sie wie die Wolldecke auf der Terrasse des Sanatoriums. Damals kannte sie das Wort Yoga noch gar nicht. Aber jetzt schaffte es die Yogapraxis, die sie fast für immer aufgebeben hätte, sie aus der Röhre zu ziehen.

Sie lächelte das behinderte Kind im Rollstuhl an und erhielt ein bezauberndes Lächeln als Antwort. Es war ein etwas verkrüppeltes Mädchen, die Eltern waren mit ihr aus Saudi Arabien angereist, um sie hier medizinisch behandeln zu lassen.

Das Reptil hatte gewartet, bis die Termine für ein Treffen, die er vorgeschlagen und die sie bestätigt hatte, vergangen waren. Er dachte wohl, dass sie ihm wie sonst hinterherlaufen würde. Aber jetzt reichte es ihr. Seine neueste Ausrede lautete, dass er seine externe Festplatte „unzugänglich" gemacht habe und Di Mi, an den Tagen, an denen er das Treffen vorgeschlagen und das sie zugesagt hatte, damit verbracht hätte, die Daten zu retten. Da habe er nicht in sein Postfach auf dem Smartphone geschaut, und für die zweite Wochenhälfte sehe er noch nicht so klar. Er könne auch öfter spontan. Dafür wäre es sinnvoll, die Handynummern auszutauschen. Er schickte seine aber nicht mit. Sie antwortete nicht, sondern löschte ihn.

Mit D., der Ökotrophologin, war es schön, sie waren in einem kleinen Café in der Lappenbergsallee. Als sie sich auf der Toilette im Spiegel sah, erschrak sie, denn sie sah eine alte Frau. Sie dachte an N., den selbstbestimmten, humorvollen Mathematiker und Tennisspieler und daran, dass, wenn er sie mit ihren Augen sähe, alles vorbei wäre, dann läge darin der Grund seiner netten Distanziertheit. Sie hatte ihn zu der Ausstellung „Welt im Umbruch - Kunst der 20er Jahre" eingeladen Er meinte, wohl um nicht brüsk abzulehnen, dass seine Kinder ihn auch schon als Kunstbanausen bezeichnet hätten, und dass er dagegen anarbeiten wolle. Deshalb überlege er es sich. Außerdem erzählte er, dass er ihre Kunstpostkarte in einem Café liegen gelassen habe, denn er habe sie dort jemandem gezeigt. Ob sie ihm nochmal die Adresse ihrer Homepage schicken könnte, die ja auf der Karte stand, damit er ihre Texte hören und lesen könnte.

Eine Freundin schrieb, sie habe z.Zt. einen „online-Flirt". Eigentlich sei sie bei Elite Partner angemeldet, aber er habe über Facebook mit ihr Kontakt aufgenommen, weil er sie „so schön findet!!!" Ob sie sich jemals in der Realität treffen würden, wüsste sie nicht, für den Moment genieße sie es, so wie es sei. Er sei 11 Jahre jünger. Morgens schreibe er ihr: „Guten Morgen, meine Liebe, hast du gut geschlafen?" und abends: „Schlaf gut, mein Schatz, träum was Schönes!" Sie schreibt: „Rein äußerlich ist er genau der Typ von Mann, auf den ich abfahre. Total attraktiv!"
Sie seufzte, sie selbst wusste nicht, auf welchen Typ sie abfuhr, vielleicht weil sie immer noch Angst hatte, auf einen Typen „abzufahren", was konnte da nicht alles passieren, es schien ihr gefährlich, sich einzulassen.....

Stattdessen suchte sie einen Optiker auf, der ihre Sehschärfe prüfen sollte, als wenn sich ihr Dasein im dunklen Tunnel auf ihre Augen gelegt hätte. Sie konnte nicht mehr klar sehen, sie musste ihre Aufenthalte außerhalb des Tunnels, auf der Erde, in der Welt, verlängern. Sie brauchte mehr Sauerstoff, das war jetzt unabdingbar geworden.

Aus der Fensterluke sah sie das Rollfeld. Im Flugzeug hatte sie bei Assouline gelesen, dass die Franzosen während der Okkupation fleißig denunzierten. Die Deutschen hatten Säcke voll mit Denunziationen zurückgelassen. (S.29 „La Cliente",Gallimard,1998) Eine Denunziation betraf einen seiner Freunde, dessen Familie deportiert wurde. Er findet heraus, dass die Denunziantin gekauft worden war: Würde sie sich bereit erklären, die jüdische Familie zu denunzieren, würde im Gegenzug ihr in deutsche Gefangenschaft geratener Bruder freigelassen. Sie geht den Deal ein, wird jedoch nach der Befreiung geschoren und durch die Straßen getrieben, wie all diejenigen, die mit den

Deutschen paktierten. Sie verlässt ihre Wohnung erst wieder, nachdem ihre Haare gewachsen sind. Ihr Mann trennt sich von ihr. Sie führt das Blumengeschäft alleine weiter. Am Ende verunglückt sie. Die Tochter führt das Geschäft nicht weiter, zieht in eine andere Stadt.

Der Flieger landete in Südfrankreich. Es war, als wenn sie nicht alleine in Südfrankreich gelandet wäre, sondern mit N. bzw. mit seiner mail, die sie zeitgleich mit der Landung in Südfrankreich von ihm erhalten hatte. Er hatte auf ihrer Webseite „gestöbert" und schrieb, dass er einen Schlüssel bräuchte, um den Text „Kartonfrau" zu deuten, „sogar ein ganzes Schlüsselbund", „um dem Text eine Bedeutung abzugewinnen". Sie verdrängte, dass er geschrieben hatte, „um dem Text eine Bedeutung abzugewinnen", schmunzelte stattdessen über das „Schlüsselbund" und schrieb ihm, wie sie es gemeint hatte. Das Gute war, dass sie seine Art akzeptieren konnte. Er war nicht nur ehrlich, sondern ehrlich und witzig. Er hatte sich auch die Zeichnungen der Kriegskinder angesehen, die er „sehr aufschlussreich" fand, „besonders durch deine Interpretation". Wenn sie an ihn dachte in dieser fremden Stadt, fühlte sie sich zärtlich umfangen. Ja, sie konnte sich vorstellen, mit ihm zu schmusen. Sie glaubte, stellte sich vor, dass er zärtlich war, sanft, vorsichtig, achtsam, sie konnte sich sogar vorstellen, sich ihm nackt zu zeigen, sich ihm nackt auszuliefern. Das würde vielleicht nie passieren, denn sie hatte nach dem ersten (und vielleicht letzten) Treffen den Eindruck gewonnen, dass sie für ihn als Partnerin nicht in Frage kam. Dennoch ließ sie dem guten Gefühl, in seinen Armen zu liegen, sich mit ihm zu wiegen, freien Lauf.

Es war ein Selbstbetrug. Sie war gar nicht in Südfrankreich gelandet. „Noch nicht", konnte sie sagen, wie sie es mit dem Projekt „Schlaftabletten" sagte. Offenbar hatte sie jetzt zwei Projekte, die sie vor sich herschob, das Projekt „Südfrankreich" und das Projekt „Schlaftabletten". Und wenn sie in Südfrankreich ihre Schlaftabletten, die sie immer noch nicht gefunden hatte, nähme, schluckte, Tablette für Tablette? Soweit konnte sie jetzt gar nicht denken, denn sie war aus innerer Notwendigkeit in den Tunnel zurückgekehrt. Es gab kein Halten mehr, sie rannte geradezu hinein und versteckte sich weit hinten, wo kein Lichtstrahl sie traf. Sie überlegte und kam zu dem Ergebnis, dass sie sich gegenüber N. zu weit vorgewagt hatte, indem sie ihn fragte, ob er Lust hätte, mit ihr die Ausstellung „Kunst der 20er Jahre" zu besuchen und dann kürzlich noch fragte, ob er Zeit und Lust auf einen Kaffee zu Ostern hätte. Was die Ausstellung anging, wollte er es sich überlegen und was Ostern anging, hatte sie noch keine Rückmeldung. Vielleicht hatte die Tatsache, dass er sich mit ihren Texten und Bildern beschäftigte, sie dazu bewogen, so kühne Bedürfnisse an ihn zu richten, da musste er natürlich die Reißleine ziehen, wenn es bei ihm bei der zuerst empfundenen Ablehnung ihr gegenüber geblieben war. Und im Grunde konnte sie ihn allzu gut verstehen, denn er hatte vielleicht instinktiv ihre depressive Komponente, ihren Tunnelaspekt bemerkt und hatte davon die Nase voll, denn seine verstorbene Frau litt unter Depressionen und Alzheimer. Also nahm er sich in acht, nicht nochmals eine solche Galeere zu durchleben. Seine Frau litt unter einer jahrelangen Krankheit, was ihre Depressionen auslöste und die wiederum führten zur Alzheimererkrankung, so hatte er es sich gedacht. Sie konnte sich nicht einfach mit seiner Frau über einen Kamm scheren. Sie war auch auf sich selbst hereingefallen, sie hatte wirklich geglaubt, dass sie mit der Situation locker umgehen könnte, unerfüllte Hoffnungen einfach so wegstecken könnte, als sei nichts gewesen. Aber sie litt bereits, dass er nicht so schnell antwortete wie es ihre inneren Sehnsüchte „verlangten", „bedurften", das stimmte sie traurig, denn es konnte sogar sein, dass er gar nicht mehr antwortete, das glaubte sie zwar nicht, aber ausgeschlossen war es auch nicht. Er hatte ihr bei dem ersten Treffen zu verstehen gegeben, dass zwischen ihnen nichts laufen würde. Aber dann hatte er sich für ihr Empfinden doch auf sie zu bewegt. Sie wusste nicht, ob das freundschaftlich gemeint war oder ob er offen für mehr war. Sie konnte jedoch sagen, dass er bei jeder mail zwar liebe Grüße schrieb, aber nicht unmittelbar verknüpft mit seinem Namen, sondern er schob jedes Mal seine Stadt dazwischen. Sie schaffte das nicht, zu schreiben: Liebe Grüße aus Hamburg. Es kam ihr vor, als wenn er dadurch eine Distanz schaffen wollte, etwas zwischen sie stellen. Sie hatte sich vertan mit der Geschichte, fälschlicherweise hatte sie ihm die Schlüssel zu der „Kokett" Geschichte geliefert, aber als sie es bemerkte, angekündigt, dass sie das Schlüsselbund zu der Geschichte „Kartonfrau" nachliefern würde, was sie dann auch zwei Tage später getan hatte. Seitdem wartete sie auf seine Antwort. Sie musste zugeben, dass es wirklich eine schlimme Geschichte war, die mit einem Suizid endete, die Kartonfrau hatte ihr Leben in farblose Kartons verpackt und blieb leer zurück. Das war nur ein Aspekt, der andere war, dass ihr Kühlschrank voller Essen steckte, das sie nicht anrührte, ja, sie wusste nicht einmal, was da alles gekühlt wurde. Sie starrte aus dem geöffneten Küchenfenster in die Leere, in die sie sich fallen ließ. Im Gegensatz dazu stand ihre Karriere, die das Wichtigste für sie war. Sie bot Seminare zur Selbstoptimierung an und war in einem ständigen Stress, sich selbst zu optimieren, das hieß für sie, ihre äußere Erscheinung durch Kleidung und Schminke aufzupeppen, das hieß, ein forsches, selbstbewusstes Auftreten zu trainieren, bei dem „Nehmen" eine zentraler Pfeiler war, usf.., das hieß, andere, die keine so glanzvolle Karriere bzw. Performance hinlegten, abzuwerten, dazu gehörte auch, alte Freundinnen abzustoßen.

Die Angst, die sie in ihrem schützendem Tunnel System spürte, war kaum auszuhalten, aber sie hatte Angst, an der Oberfläche aufzutauchen, denn in ihrer Wohnung würde sie auf alle Fälle anfangen, ihre Schlaftabletten zu suchen. Sie fühlte sich getrieben, sich der Situation zu entledigen, die sie nicht aushielt. Keine Antwort zu erhalten, war immer schon unerträglich gewesen, genauso wie wenn sie irgendwo zu lange warten musste. Das war, als würde der andere am anderen Ende verschwinden, als gäbe es plötzlich kein Gegenüber mehr, und es galt, sich nicht auf dieses Nichts zu fixieren, auf die Leere, die entstanden war, sondern sich aus der Erstarrung zu lösen und ein anderes Ziel zu suchen. Nur so konnte es weitergehen, aber solange sie es nicht tat, blieb sie fixiert auf die Leerstelle, die einst die Person ausgefüllt hatte, die sich jedoch zurückgezogen hatte, verschwunden und nicht mehr ansprechbar war.

Und dann leuchtete es doch in den Tunnel hinein. N. schrieb, dass er im Zug sitze, um in den Wintersport zu fahren, zum Ski fahren. Dass er spontanen Besuch von seinen Kindern bekam, dass er mit den Reisevorbereitungen zu tun hatte und was Ostern beträfe, noch alles offen sei, denn seine Kinder hätten sich noch nicht endgültig entschieden. Dieses Mal schrieb er liebe Grüße, N., aber hätte er schreiben können liebe Grüße aus dem Zug, N.?

Sie freute sich sehr über diesen Lichtblick, doch sogleich wurde dieser getilgt, denn konnte sie ihm glauben? Aha, die Glaubenskrise war da. Wie konnte es angehen, dass sie ihm plötzlich nicht mehr vertraute, nur weil fünf Tage ohne eine Zeile von ihm vergangen waren? Brauchte sie denn so viel Bestätigung? Sobald sie über ein Maß des Erträglichen, und das war ja subjektiv anzusetzen, alleine gelassen wurde, ohne Antwort, ohne Nachricht, verlor sie den anderen in ihrem Inneren, war er wie verschwunden und eine Feindseligkeit stellte sich ihm gegenüber ein. Was für einen Mechanismus hatte sie da aufgebaut? Er war ähnlich dem eines Kleinkindes oder sogar Babys, das zu weinen begann, wenn es seine Mutter aus den Augen verlor, sie nicht mehr da war, wenn es sich umsah, es war, als hätte es seine Mutter verloren. Die Mutter war erst wieder in dem Kind präsent, wenn sie tatsächlich wieder in Erscheinung getreten war, es auf sie zulaufen konnte, sich ihrer versichern konnte. Sie schämte sich geradezu, dass dieser Mechanismus immer noch in ihr wirksam werden konnte, denn sie war doch erwachsen. Es schien immer noch das Trauma der Trennung von den Eltern, insbesondere von der Mutter während der Flucht zu sein. Auch schien es damit zusammen zu hängen, dass die „Leere", die die verschwundene Person zurückließ, sofort einen Vertrauensverlust hervorrief, als auch eine Glaubenskrise heraufbeschwor. Sie konnte dieser Person, die nicht mehr da war, nicht mehr glauben, was diese im Nachhinein erklärte, das konnten alles Märchen sein, so wie ihre Eltern bzw. ihre Mutter ihr gesagt hatte, dass sie verreisen würden, was aber ganz und gar nicht stimmte, denn sie verlor alles, ihre Eltern, das Haus, die Umgebung, die Leute, mit einem Rutsch war alles futsch, und sie saß in einem tiefen Loch, das sie wahrscheinlich zu einem Tunnel ausbaute…

N. hatte in seiner mail, die er im Zug verfasste, auch noch geschrieben, dass er es „genial" von ihr fand, dass sie aufgrund eines „Glimmen eines Schlüsselbundes" ein „Feuerwerk" entfachen konnte. Er bezog sich damit auf ihre nachgereichten Erklärungen zu der Geschichte „Die Kartonfrau", denn N.. hatte ja gemeint, um diese Geschichte zu verstehen bzw. „ihr eine Bedeutung abzugewinnen", bedürfe es eines „ganzen Schlüsselbundes".
Sie schickte ihm eine kurze mail, um zu sagen, dass sie sich abends mit einer ausführlicheren mail bei ihm melden würde und sandte ihm ihre Handynummer mit, falls er ihr ein Urlaubsfoto

schicken wolle. Aber da war es schon wieder verdammt nochmal, dass sie dachte, selbst das würde ihr nicht beweisen, dass er in Skiurlaub war, denn er könnte ja aus seinem Bilderspeicher eines aus den letzten Jahren hochladen. Sie legte sich mal wieder Steine in den Weg!

Vielleicht löschte er ihre Handynummer, denn er hatte ja auch die Kunstkarte liegen gelassen und die Blume wollte er stehen lassen.

Für nachmittags hatte sie sich vorgenommen, J. zu besuchen, die seit zwei Jahren mit einem Mann zusammen war, den sie auch auf demselben Portal kennen gelernt hatte, sie war sehr glücklich mit ihm trotz des Konflikts, dass sie gerne ein Kind hätte und er nicht, da er schon erwachsene Kinder hatte und auch in großer Sorge war, dass er es finanziell, wenn er in Rente käme, nicht schaffen würde, ein Kind groß zu ziehen. Jetzt dachte sie über eine Samenspende nach.


Sie dachte an N.. und fühlte Schmetterlinge im Bauch. Sogar ohne, dass sie bewusst an ihn dachte. Sie hatte ihm dort schon ein schönes Zuhause gegeben. Er war präsent in ihrem Bauch, in ihrem Kopf und ihrem Herzen. Am liebsten würde sie auf ihn zulaufen und sich in seine geöffneten Arme stürzen….

Es ging sogar noch tiefer, die Schmetterlinge flogen noch tiefer….

Es war sogar so, dass sie während des Einschlummerns sah, wahrnahm, wie sie sich küssten. Dass sie das imaginierte, grenzte an ein Wunder, denn für sie war das ein bisher ausgesparter Bereich, davor hatte sie mehr Angst, als vor allem anderen. Möglicherweise wegen eines traumatischen Geschehens, denn sie wurde gezwungen, das Glied eines Mannes eine halbe Stunde lange mit dem Mund zu befriedigen, weshalb ihr ihr Mund verpestet schien, voller Dreck und Schmutz, er stieß ihren Kopf immer wieder auf sein Glied, so dass sie unter Luftknappheit und Todesangst tat, was er befahl. Wenn jetzt der Mund von N. das Objekt ihrer Begierde wurde, so kam es ihr vor, als wenn sie geheilt war….

haha

Sie fühlte so, doch was war, wenn N. nicht dasselbe fühlte? Wenn er wie sie verliebt wäre und auch Schmetterlinge im Bauch hätte, würde es ihn nach Nähe zu ihr drängen, das war aber nicht spürbar, sondern er hatte die Gabe, alles im Vagen zu lassen, nicht ja und nicht nein zu sagen, womit er sich galant entzog. Gewiss, er wollte sie nicht verletzten, ihre Gefühle. Sie „beschloss", wenn N. Ostern doch keine Zeit für sie einräumen könnte, wollte, sich vom Portal für eine Weile abzumelden, um sich zu entwöhnen, um Schaden von sich und ihm abzuwenden., denn sie war da wieder in eine „Maschinerie" geraten, in der sie ausweglos ins Unglück lief.

Der Wunsch nach mehr Nähe machte in vielen Beziehungen Probleme. Das hatte sie ja kürzlich bei einer Freundin erlebt, die sich nicht mehr damit zufrieden geben konnte, dass sie und ihr Freund sich morgens und abends auf WhatsApp Nachrichten schickten. Sie wollte gerne telefonieren. Am Anfang hatte es ihr gereicht, aber dann kam der Zeitpunkt, und das ist wohl der natürliche Lauf, an dem das Gefühl mehr wollte, auf mehr Nähe zu ihm drängte.

Selbst im Café hatte eine Frau „ihren" Platz erobert. Sie konnte es offensichtlich nicht hinnehmen, dass sie hier saß, als sie das Café betrat, wo gestern sie gesessen hatte. Sie selbst setzte sich gestern, als der Tisch von ihr besetzt war, an einen anderen. Aber diese Frau fragte sie, ob es sie störe, wenn sie sich dazu setze, obwohl noch fast alle Tische frei waren, denn es war Sonntagmorgen 9.00 Uhr. Hinzu kam, dass die unfreundliche Bedienung, die neu war, dieser Frau allenthalben Cappuccini und frisch gepresste Fruchtsäfte hinstellte und sie küsste, sie sprachen miteinander arabisch, vielleicht kamen sie aus demselben Land. Sie fühlte sich blockiert und sehr unglücklich.

Nachmittags bei J. war es wunderbar. Sie hatten in J.s Garten gesessen und lange geplaudert. die Sonne schien, sie saßen im T-Shirt. Er war aus beruflichen Gründen an diesem Wochenende unterwegs, und sie sagte, dass sie ihn bereits vermisse, sich wohler fühlen würde, wenn er da wäre.

Das war wohl meistens so, nach dem Kennenlernen wurde es enger, bis man gar nicht mehr auf den anderen „verzichten" mochte. Wenn jedoch der andere nicht mitmachte, begann das Herzeleid….

Sie drehte abrupt ihre zahlreichen Ölbilder um, so dass statt der farbigen Malerei weiße Rückwände sie anschauten. Sie nahm Distanz auf.

Sie setzte sich aufs Fahrrad und fuhr geradewegs zum Tunnel, um in seiner Dunkelheit den schönen, hellen, warmen Sonnentag zu verbringen, sich dort dem Gefühl zu stellen, dass sie wieder mal alles falsch gemacht hatte und unter dem Ansturm ihrer Selbstanklagen unterging. Sie fühlte in ihrer Manteltasche eine Ration neuer Schlaftabletten, die jedoch nicht ausreichen würden. Halbe Sachen wollte sie nicht machen. Es war ihre Idee, nach und nach kleine Rationen im Tunnel System zu verstecken.

Die Nacht im Tunnel wurde unruhig, der Tatort „Kindeswohl" griff nach ihr, sie stellte ihn aus, würde aber den Rest noch sehen wollen. Er war sehr dunkel, um nicht zu sagen finster. Das Ausgeliefertsein von Kindern, deren Eltern sich nicht mehr sorgen können, sei es, weil sie psychisch nicht in der Lage sind wie hier die Mutter, die in der Psychiatrie war und der Vater, der sich mit einer neuen Frau auf und davon gemacht hatte, seine Großmutter ihn mit sieben Jahren dem Jugendamt übergab, weil sie sich seiner Erziehung nicht mehr gewachsen fühlte, denn er hatte gerade ihre Nachbarin überfallen. So kam er in den „Heimathafen", eine Einrichtung für geschädigte Jugendliche. Der maßgebliche „Pädagoge" „hatte es wohl in sich", jedenfalls wurde er von ebendiesem Jungen erschossen, weil er auf der Flucht diesem „Pädagogen" begegnete, der gerade joggte und ihn aufforderte, umzukehren oder er würde ihn abholen lassen, damit meinte er, ihn nach Polen abzuschieben, wo bereits sein älterer Bruder von einem Ehepaar, dass ihn arbeiten ließ statt ihn in die Schule zu schicken, ausgenutzt wurde. Nicht einmal die polnische Sprache konnte sein Bruder lernen, da er ja arbeiten musste. Sie stellte den Film ab. Vermutete einen Deal mit der Jugendamtsleitung und dem getöteten „Pädagogen" aus dem „Heimathafen", in dem seine Freundin die Leitung hatte. Machenschaften. Kinder wurden immer wieder verschachert, Opfer.

Der Schlaf war zerrissen, die Begegnung mit einer Nachbarin aus der Parallelstraße am Kaifuufer flammte auf. Sie sprachen über ihre Mutter, die jetzt in einem Heim wohnte und sich dort nicht glücklich fühlte. Sie wäre lieber in einer Wohnung von „Betreutes Wohnen" untergebracht worden, aber sie schaffte es nicht, alleine in einer Wohnung zu leben, sie brauchte mehr Betreuung, deshalb das Pflegeheim. Sie sah sie manchmal mit dem Rollator im Viertel, wenigstens das Viertel habe sie noch, meinte sie, weil die Tochter sie am liebsten in einer anthroposophischen Einrichtung sähe, aber die lag weit weg. Sie selbst, sagte die Tochter, wäre lieber weit weg in einem Heim mit guten Menschen untergebracht, als im Viertel bleiben zu können, jedoch mit unguten Menschen. Auch in einem anthroposophischen Heim sei es nicht ausgemacht, meinte sie zu der Tochter, dass ihre Mutter sich nicht mit irgendjemandem nicht verstünde. Im Alter war man ausgeliefert, auf Gedeih und Verderb, furchtbar, ein Horror.

Auch das Gespräch mit der Frau, die Darmkrebs hatte und jetzt Gebärmutterhalskrebs, flammte auf. Sie sagte, sie sei ambulant operiert worden, in drei Etappen, da die Frauenärztin, nicht zu viel wegnehmen wollte, denn sie würde ja gerne noch Kinder kriegen. Im Krankenhaus hätten sie die Gebärmutter sicher ganz entfernt. Chemo habe sie noch nicht, vielleicht brauche sie die auch nicht. Jetzt würde sie erstmal ihren ersten Hochzeitstag auf einer Nordseeinsel feiern, um sich dann ihrer Doktorarbeit und ihrer Dozententätigkeit an einer Uni in Skandinavien zu widmen.


In der nächsten Schlafpause wiederholte sich die Situation mit Hausbewohnern, einem jungen Pärchen, das gerade drei Wochen auf Kuba war, sie hatte danach einen neuen Job angefangen, der sie viel glücklicher machte, sie vermittelte jetzt Patenschaften für Flüchtlinge. Das andere Pärchen im Haus kehrte aus den USA zurück, wo sie durchs Land gereist waren und eine andere Bewohnerin, der die Decke auf den Kopf fiel, packte ihre Lehrbücher ein, um auf einer Insel, die sie schon aus Kindheitstagen kannte, weiter zu lernen, dort sah sie aus ihrem Fenster aufs Meer. Das lesbische Paar stieg gerade mit ihren Koffern aus dem Taxi aus. Es war wie auf einer Straßenkreuzung, auf der plötzlich viel Verkehr war, dann wurde es wieder ruhig.

Bevor sie für die nächste Schlafphase einschlummerte, sah sie ihre letzten beiden Bilder vor sich. Sie hatte an eine ältere Arbeitsphase anknüpfen wollen, aber das Ergebnis gefiel ihr nicht, es wirkte auf sie wie ein buntes Gestrüpp, vor allem war es ihr zu dunkel, es hatte finstere Ecken. Doch wusste sie schon, was sie tun würde. Sie würde ihren Spachtel nehmen und mit nur einer oder zwei Farben breite Streifen ziehen, in der Hoffnung, dass die Farben, die drunter lagen durchschimmerten, aber gebremst, gedämpft wurden. Ein schreiendes Bild konnte sie schlecht ertragen.

Sie wollte nie mehr aufwachen, denn sie schaffte es nicht zu verreisen, ihren Tunnel aufzugeben, die Koffer zu packen. Sie packte stattdessen immer wieder alles aus, begann zu heulen und warf ihre Sachen wild durch die Gegend. Wartete sie denn noch immer auf den Typen, der sie rauszog? Er hatte nicht an sie gedacht, er war alleine weggefahren. Er war ihr doch auch in keinster Weise verpflichtet, als er seine Skier einpackte und seinen Urlaub buchte! Sie schniefte und hatte das Gefühl, dass es nicht mehr so schlimm war, dass sie sogar Lust verspürte, mit den Männern ihre gesamten Schlaftabletten zum Mond zu schießen.

Aber stets wurde sie irritiert und konnte nicht zielstrebig ihr Ansinnen verfolgen. Sie sah ein hingeworfenes Kleidungsstück. Schon des Öfteren war sie im Tunnel über allerlei gestolpert, aber was war das, was sie in Händen hielt? Sie las auf dem Etikett „Endohose", was war eine „Endohose"? Sie überlegte, dann fiel es ihr wieder ein, es war eine Art Boxershorts mit Öffnung hinten für eine Darmspiegelung. Aber die gehörte doch wahrlich nicht hierher. Sollte sie noch benutzt werden oder war sie schon benutzt worden? Sie hatte diesen Termin verdrängt und wusste nicht, ob sie ihn wahrnehmen wollte. An und für sich war es doch sinnlos, sich dieser

Untersuchung zu unterziehen, wenn sie doch Schluss machen wollte.

Vor allem anderen jedoch machte sie ihr Vorhaben wahr und zog mit dem Spachtel und heller Farbe über die beiden wüsten, bunten Bilder, so dass sich der Tumult glättete, aber hier und da die unteren Schichten durch die mit dem Spachtel aufgetragene Schicht durchschimmerten. So konnte sie sie ansehen und ertragen, sich sogar daran erfreuen, denn sie konnte mit ihnen sprechen und sie sprachen zu ihr…...

Nach dem Power Yoga, das sehr gut war und währenddessen sie ganz bei sich bleiben konnte, was sehr wohltuend war und nicht immer gelang, stellte sie fest, dass sie sehr traurig war und gerne spontan Mow. besucht hätte, die in der Nähe wohnte, aber sie wollte sie nicht belästigen. Am liebsten hätte sie sich auf ihrem Sofa zusammengerollt und sich ihrer Trauer hingegeben. Stattdessen tauschten sie zwei WhatsApp Nachrichten aus über ihre Bilder und darüber, dass Mow. drei Tage lang mit ihrer Band für ihren kommenden Auftritt geübt hatte.
Worüber war sie so traurig? War es doch die Tatsache, dass N. sich nicht meldete, ihr kein

Foto aus dem Urlaub schickte, keine Textnachricht? Dass er sie vergessen hatte?

Ihr Sohn schickte eine Nachricht, dass die diesjährigen Krimitage super gewesen seien, ob er ihr die drei Produktionen schicken solle. Natürlich. Seine Freundin hatte er vor einem Jahr bei den Krimitagen kennengelernt.

H., ihre frühere Kollegin hatte sich ihr neues Kurzgeschichten Buch gekauft. Hoffentlich war sie nicht enttäuscht.

Eine Schulfreundin rief sie an, weil ihr die Radierung, die sie ihr geschickt hatte, so gut gefiel und sie wollte sich „erkenntlich" zeigen, aber sie sagte zu ihr, „Du bist doch eine Freundin. Das ist doch ein Geschenk!"

Mit einem Flüchtling lange herumgelaufen, um die Adresse für die Kernspintomografie zu finden. Er hatte im unteren Rücken Schmerzen, diese zogen in beiden Beinen bis runter zu den Füßen. Er hatte die Schmerzen schon Monate, aber jetzt war es unerträglich geworden. Ein Bandscheibenvorfall? Was bedeutet „Knie" fragte er, was „Beine"?. Nachdem sie sich im Kreise gedreht hatten, fanden sie den Standort. Sie gab ihm noch einen Kaffee- und Muffin Gutschein und hoffte, dass es ihm bald besser gehen würde.

Das Leben war voller Elend und Ekel, wenn man die Schönheiten nicht sah. Die Nacht war wieder vollkommen zerpflückt, zerrupft, gerupft wie ein Huhn. Sie konnte sich gar nicht vorstellen, lebend die Augen aufzuschlagen und ihren Tunnel zu erreichen. Jede Stunde wachte sie auf und musste „dringend" auf Toilette. Es grenzte an ein Wunder, dass sie gegen alle Widerstände und Widrigkeiten dennoch zum Yoga ging.

Sie hätte sich ja auch für die Obstschnitte bedanken können, das hatte ihr Schwager von ihr vor vielen Jahren erwartet, aber sie fühlte sich angegriffen, wie kam er zu dieser Erwartung? Dann hätte er sich genauso gut für den Kaffee, den er bei ihr trank, bedanken müssen. Ihre Schwester war auf seiner Seite und sie verbat es sich daraufhin, dass sie sie mit ihrer Mutter zusammen besuchte, wenn sie vor Ort wäre. Sie wollte nicht, dass sie ihr Haus betrat, so berichtete es ihre Mutter.
Nunja, es waren Jahre vergangen, sie sagte sich, sie hätte sich ja auch ruhig bedanken können, das

hätte ihr doch „keinen Zacken aus der Krone gebrochen".

Sie kam auch auf den Gedanken, ihren Eltern jeden finanziellen Schaden zurückzuzahlen, wenn sie mit den Büchern oder der Malerei Geld verdienen würde. Aber das war Utopie. Der Vater hatte damals einen Rückstand in ihren Rentenbeiträgen nachbezahlt, überhaupt kam es ihr vor, war sie eher Bittstellerin gewesen, als dass sie ihren Eltern „unter die Arme hätte greifen" können. Sie hatten genug, aber, wie ihre Mutter immer sagte, „durch ihrer Hände Arbeit" erworben. Abgesehen davon, würde sie es gerne zurückgeben, unabhängig davon, ob sie genug hatten oder nicht, denn sie gaben es zwar, aber eher widerstrebend, das machte einen Unterschied. Bei der einen Variante empfindet man Schuld und bei der anderen nicht.
Möglicherweise war sie auch noch anderen Personen gegenüber in ihren Reaktionen zu empfindlich, tief gekränkt, fühlte sich gedemütigt und erniedrigt, wo es nicht so gemeint war. Diese mögliche Schuld lastete auf ihr. Ihre Mutter warf ihr vor, dass sie jedes Wort auf die Goldwaage legen würde.

Tatsächlich hatte N. ihr einige Fotos aus dem Skiurlaub in den Tunnel geschickt. Er war auf drei Bildern in illustrer Runde zu sehen. Eines mochte sie besonders. Für die „Daheimgebliebenen", um sie „neidisch" zu machen, schrieb er. Sie antwortete humorvoll, dass sie „vor Neid verblasse" und bemerkte in der nächsten mail diese Freudsche Fehlleistung und schrieb, es sollte heißen „erblassen statt verblassen". Das war doch typisch für sie, dass sie sich als „Verblassende" sah... Wie süß aber war es, als sie ihn um eine Sprachnachricht bat, um seine Stimme zu hören und er ihr tatsächlich eine poetische Mitteilung machte. „So meine Liebe", begann er, „bevor ich „verblasse", „lass ich meine Stimme nochmal ertönen....und während aus dem Darm fast alles herauskommt, was hineingelangt ist..... kommt aus dem „schwarzen Loch" nichts wieder heraus, noch nicht einmal das Licht, wenn es hineinfällt...." Sie hatte nämlich geschrieben, dass sie gelesen hätte, dass „das schwarze Loch" fotografiert worden sei und dachte, dass ihn das bei seiner Profession interessieren könnte. Außerdem hatte sie ihm von der Darmspiegelung geschrieben. Er griff alle Themen auf und verband sie kreativ in seiner Antwort. Sie mochte seine Stimme, die ruhig und überlegt sprach und sich dann verabschiedete, weil er wie jeden Abend zum après Ski verabredet sei, wo viel getrunken würde. Er müsse sich da zurückhalten, aber die anderen seien „Alkoholverbrenner".

Es machte sie glücklich, seine Stimme zu hören, aber sie hatte auch Angst, ihn soweit an sich heranzuzoomen, denn er tat alles nur auf ihren ausdrücklichen Wunsch hin. Es kam von ihm keine Eigeninitiative. Wartete sie darauf?

Sie wusste doch, dass sie sich keine Hoffnungen machen durfte. Ihre Tunnelsituation sprach dagegen, ihre depressiven Zustände. Er hatte das vielleicht sofort an ihr bemerkt, denn seine Frau war ja durch ihre langjährige Krankheit depressiv geworden und bekam Alzheimer.

Heute Morgen, kaum im Café zum Schreiben angekommen, hatte sie das Gefühl, sie müsste gleich losheulen und befürchtete, sie könnte sich nicht beherrschen. Deshalb floh sie sogleich in ihr Tunnelsystem, wo sich ihre Tränen auf den Beton ergossen. Dazu kamen Gleichgewichtsstörungen, die sie ihren sicheren Stand verlieren ließen, sie wankte vorwärts, blieb oft stehen, um sich festzuhalten. Vielleicht war es auch die Musik, die in ihr nachhallte und sie traurig machte, weil sie unerfüllte Wünsche und Sehnsüchte hervorbrachte und was das anging, ihr verpasstes Leben. Obwohl sie über N.s Sprachnachricht glücklich war, fühlte sie sich offenbar doch verloren, verlassen und alleine, denn er setzte sich ja nicht aktiv ein, sondern reagierte nur, so dass sie letztlich das Gefühl hatte, sie sei alleine. Es war ihr, als wenn sich mit diesen Gedanken ihr Körper wieder festigte, zu sich kam, zu seinem Mittelpunkt, zu seinem Gleichgewicht.

Sla. hatte viel zu tun, weshalb sie für sie das Geschirr abräumte, woraufhin sie ihr zu ihrem Erstaunen einen Cappuccino mit Hafermilch hinstellte. Sie hatte es ja nur getan, um ihr zu helfen und wurde so fürstlich belohnt. Zu dem Zeitpunkt standen ihr die Tränen noch hinter den Augen.

Sie besah sich die unverputzten Wände des Tunnels und bemerkte eine Blutspur nach der anderen. Sie schauderte, aber hier unten wunderte sie eigentlich gar nichts mehr.

Natürlich der Vorgänger Papst schob die Verantwortung für pädophile Gewalt auf die 68 er ab, jedoch war sie schon lange davor in der Kirche ein Problem laut FAZ vom 14.4.19.

N.. hatte auf ihre Frage hin geschrieben, dass er klassische Musik „liebe", unter anderem Sibelius, Beethoven, Bach, Vivaldi....Aber er führte auch viele andere Musikrichtungen an sowie Musiker, darunter Elton John und Joan Baez, Clearwater Revival.... .Sie hatte ihm nämlich gemailt, dass sie die „nightlounge" gehört hätte, weil sie nicht schlafen konnte und interessante Musik zufällig gespielt wurde, bei der Gelegenheit fragte sie ihn, was er gerne höre. Sibelius hatte sie mit ihrem Sohn in der Elphi gehört, denn sie hatten günstige Karten für die Hamburg Konzerte bekommen. Ihr Sohn war so begeistert von Sibelius, dass er sich sogleich sein gesamtes Werk bestellte. N. selbst hatte keine Fragen an sie. Er reagierte nur. Ihr schien, dass sie nicht auf Augenhöhe kommunizierten, so wie ihre Freundin S. mit ihrem Facebook Kontakt. Da bestand tatsächlich ein gegenseitiges Interesse, inzwischen chatteten sie morgens, mittags und abends. Das würde wohl noch drei Monate so hin- und hergehen, bis er dann endlich auf seiner Ölplattform die Arbeit erledigt hätte. S. glaubt an ihn, hat Vertrauen. Sie sagte, ohne Vertrauen gehe es nicht. Sie fühlt sich von ihm begehrt. Das vermisste sie bei N., der ihr noch nicht einmal eine Frage stellte und sich entzog bzw. offen ließ, ob er mit ihr zusammen die Ausstellung besuchen wollte, ob sie sich Ostern sehen würden, ob sie sich überhaupt nochmal treffen würden. Sie hatte das Gefühl, dass sie in der Rolle der Bettlerin war, dass sie geradezu um den Kontakt bettelte. Dadurch, dass er alles im Vagen ließ, aber immer wieder ihre Fragen beantwortete, kam es dazu, dass sie weiterbettelte. Aber damit wollte sie jetzt aufhören. Sie hatte ihr unterwürfiges Verhalten satt. Er wusste ja, dass sie sich mit ihm treffen wollte und gerne auch an einem der Ostertage. Also wollte sie abwarten, ob da etwas von ihm käme. Sie glaubte nicht dran und widmete sich den „Blutspuren" unter der Oberfläche jener Ölbilder, die noch nicht getrocknet waren, auf denen unter den Schichten, die sie öffnete, das Blut sickerte. Warum musste sie immer alles zukleistern, eine glatte Oberfläche zeigen, makellos sein, ohne Schäden?

Sie sah im Geiste Sla., die im Café bediente, ohne Kopftuch bediente, obwohl sie Muslima war, in der Dunkelheit in einem kleinen Boot sitzen. Sie trug dunkle Kleidung und einen dunklen Schador. Sie saß still und schaute sie an, denn das Boot fuhr rückwärts. Wie konnte das sein?

Irgendjemand musste es doch steuern, rückwärts. Das Boot mit Sla. fuhr rückwärts unter einem Brückenbogen hindurch, durch einen zweiten, dritten,… bis sie sie nicht mehr sah, Sla. mit dem Boot verschwunden war und das dunkle, wellige Wasser vor ihr sich sachte hin und her bewegte. Ein Rückzug aus dem Leben?

In ihr erklang Eltron John und sein Lied …." Candle in the wind …in heaven".

Sie kratzte nicht nur an den unverputzten Mauerwänden, sondern auch auf ihren Bildern, das hatte sie schon zu Beginn ihrer Malerei vor Jahrzehnten gemacht, jedoch lange Jahre nicht mehr, deshalb war es ein Schritt, es wieder zu tun. Sie tat es auf dem spiegelglatten, letzten Bild, so glatt, dass sie hätte ausrutschen können. Gott sei Dank war die Ölfarbe noch nicht gänzlich getrocknet, so dass sie mit ihrer Kratzerei untere Schichten aufdecken konnte. Sie benutzte einen Spachtel und zog mit der Kante zumeist senkrechte Spuren, die alles Leid zu Tage förderten.

Sie sah Uwe Kockisch gern, jedoch war der Film „So weit das Meer", in dem er einen angeblichen Vergewaltiger seiner Tochter erschoss, gespickt mit Ungereimtheiten, und offenbar zusammen geschustert. Die Story hatte nicht Hand und nicht Fuß. Schade. Was ist das für ein schräger 16 jähriger Typ, der das bewusstlose, überfahrene Mädchen findet und statt Hilfe zu holen, vergewaltigt, liegen lässt und später dieses Mädchen heiratet, sie im Glauben lässt, das Kind, das sie bekommt sei von dem erschossenen Vergewaltiger, obwohl es ja sein eigenes Fleisch und Blut ist. Wenn er sich gestellt hätte, wäre der unschuldige, junge Mann nicht erschossen worden, sein eigener Sohn hätte nicht leiden müssen, weil er angeblich von einem Vergewaltiger stammte, der Vater der Vergewaltigten hätte nicht 15 Jahre ins Gefängnis gemusst usw. und diesen Typen schließt die Vergewaltigte in die Arme, nachdem sie alles erfahren hat. Tut mir leid, aber welcher Lobby dient so eine Story?

Sie bekam eine mail von der Freundin, die seit vier Wochen glücklich verliebt war. Allerdings hing er auf einer Ölplattform fest. Er hatte ihr, ohne dass sie sich persönlich kannten, sogar einen Heiratsantrag gemacht. Sie hatte ihr geschrieben, dass sie aufgrund ihres notorischen Misstrauens auf die Idee gekommen sei, dass er ja genauso gut im Gefängnis sitzen könnte…..In der mail, die sie jetzt in ihrem Tunnel erreichte, schrieb die Freundin: „Du hattest Recht mit deinem Misstrauen. Leider!" Sie hatte herausgefunden, dass er sich das Foto eines argentinischen Architekten geklaut hatte. „Ich bin am Boden zerstört! Und auch voller Scham: dass mir so etwas passiert!?"

Sie bereitete sich darauf vor, dass N. sich wegen Ostern nicht mehr melden würde. Eigentlich wollte sie ja nicht nachhaken, aber dann wollte sie nicht so in der Schwebe verbleiben und fragte ihn, ob er schon wüsste, ob sie sich Ostern treffen könnten. Anschließend ging sie zum Power Yoga bei Christin. Sie erwartete eine negative Antwort und glaubte ihren Augen nicht zu trauen, als sie den Beginn eines Satzes auf WhatsApp las: „Ostermontag würde mir p…" das konnte doch nur das Wort „passen" bedeuten. Sie freute sich tierisch und schrieb ihm „Du bist ein Schatz! Ich freu mich!" dann fügte sie noch hinzu, sollte sie in Wort und Tat zu überschwänglich, übergriffig sein, möchte er ihr das bitte sagen. Aber dann löschte sie den Passus, denn das war wirklich zu weit gegangen. Es war bislang alles freundschaftlich, und vielleicht blieb es dabei.

Sie rechnete mit einer Absage und hatte sich tatsächlich einen Reiseführer für Südfrankreich aus der Bücherhalle ausgeliehen. Aber auch für den Fall, dass sie sich Ostermontag treffen würden, so hatte sie doch vor, Ende Mai nach Südfrankreich zu fliegen. Sie steckte den Reiseführer in die Manteltasche und fühlte bei der Gelegenheit ihre Schlaftabletten in der anderen Manteltasche, ihre Versicherung für schlechte Tage, für sehr schlechte, deprimierende. Das war ja was, in der einen Tasche den Reiseführer, in der anderen die Tabletten und dazwischen würde vielleicht das Treffen mit N. stattfinden. Aber nur vielleicht. Sie formulierte schon mal ihre Antwort auf seine Absage, die so in der Art lauten sollte: „Wir sind frei, Prioritäten nach unseren Wünschen zu setzen. In diesem Sinne: Schöne Ostern!"

Dennoch kaufte sie für ihn auf dem Markt in der Fußgängerzone ein bemaltes, kleines Osterei aus der Ukraine. Sie würde es, wenn er absagte, als Souvenir behalten und auf ihren Schreibtisch legen. N. würde vielleicht sagen: „Schenk es doch einem Kind, du brauchst es doch nicht mehr in deinem Alter....

In ihrer letzten Nachricht an N. gab es einen Zusatz, den sie gelöscht hatte, aber vielleicht war er doch wichtig: „Sollte ich in meinen Reaktionen zu überschwänglich, zu ungestüm sein, musst du das unbedingt sagen, denn diese kindliche Art kann ja auch als unangenehm und grenzüberschreitend empfunden werden, und das ist natürlich nicht in meinem Sinne!" Ein Smiley mit einer Träne angefügt

Immer noch keine Antwort. Vielleicht war das schon wieder zu viel, die Träne.
„Hoffentlich hat dich die Träne nicht irritiert, sollte einfach nur bedeuten, dass mir meine

Ungestümtheit leid tut, sie kam taufrisch aus dem Herzen, war also nicht böse gemeint."

Das Warten war eine Qual für sie. Würde er überhaupt antworten oder für immer schweigen? Wie schnell sie doch in negative Gefühle abrutschte und auf einmal alles finster und rundherum Asche war, weil alles zusammenbrach, ihr Kartenhäuschen, ihre Liebe sich als Illusion herausstellte. Sie setzte eine dunkle Sonnenbrille auf. Das war natürlich im Tunnel überflüssig, aber wahrscheinlich wusste sie im Moment der Qual nicht genau, wo sie war. Außerdem beruhigte es sie, eine dunkle Sonnenbrille zu tragen.

Dann doch ein leises Piepsen, Vibrieren. Endlich. Eine Nachricht von ihm. Zuvor war die Nachricht von J. und davor von ihrem Sohn eingetroffen, sie schaute zweimal, sie war tatsächlich von N..

„Liebe B., mach dir mal nicht so viele Gedanken. Taufrisch von Herzen Kommendes kann ja nicht böse sein.

Nun also zu Ostermontag. Wir können uns gerne in N. treffen. Grobplanung für gutes Wetter: Mittagessen, dann Fahrradtour durch die Stadt, Fahrräder können wir am Bahnhof ausleihen. Irgendwo in der Innenstadt bei gutem Wetter draußen Kaffee und Kuchen genießen, eventuell können wir das auch an der Ilmenau etwas außerhalb der Stadt. Das machen wir von Lust und Laune und vom Wetter abhängig. Alles Weitere ergibt sich dann. Liebe Grüße, N.

P.S.: einer Planung für schlechtes Wetter verweigere ich mich."

Und schon wieder kam sie in Versuchung, ihm zu schreiben: „Du bist ein Schatz!" Sie freute sich wie ein Kind über die Zuwendung. Und daher kam es auch, dass sie für alles, was sie bekam, in kindlicher Freude ausrufen wollte: „Du bist ein Schatz!" Es war es wie ein Gefühl der Freiheit. Ihr Herz hatte sich geöffnet und ließ im Vertrauen ihre Zuneigung ihren Ausdruck finden.

Sie schrieb, ob er den Fahrplan neben sich liegen hätte, sonst könnte sie sich aber auch gerne am Hauptbahnhof nach einem Zug erkundigen.

Sie bekam postwendend die Fahrplanzeiten und mitgeteilt, dass er am Ausgang auf sie warten würde….

Ihr kam plötzlich die Idee, dass er sich vielleicht aus Mitleid mit ihr treffen würde, aus einer sozialen Ader heraus, weil er immer nur reagierte und nicht von sich aus etwas einbrachte, überhaupt und schon gar nicht etwas, dass sie verführen könnte. Sie konnte deshalb natürlich nur froh sein, dass er kein Liebes-scamming betrieb, wie es gerade eine ihrer Freundinnen erlebt hatte. Aber es musste ja nicht gleich das sein! Er blieb bei seiner zurückhaltenden Art, die seinem allerersten Statement entsprach, dass ihr erstes Treffen nicht von Erfolg gekrönt war. Sie erinnerte sich, dass sie einen leichten Schock verspürte, denn sie hatte nicht so empfunden. Sie wusste nicht, was ihn zu der Aussage gebracht hatte, vielleicht war sie einfach nur nicht sein Typ Frau.

Wer möchte schon das Gefühl haben, jemand traf sich mit einem aus Mitleid, aus einer sozialen Ader heraus? Aber nun wollte sie das zweite Treffen am Ostermontag durchstehen. Sie erinnerte sich, dass er beim ersten Treffen von einer Dame erzählte, die ihn wohl angeschrieben hatte und wie er meinte, Kontakt suchte, weil sie ziemlich abgelegen auf dem Land lebte, dass er ihr deswegen schrieb, aus einer sozialen Triebfeder heraus. Deshalb ging sie jetzt davon aus, dass er in ihren beständigen Vorschlägen, mit denen sie an ihn herantrat, auch eine Bedürfnislage sah, die er sozial befriedigen wollte. So nach dem Motto, okay, warum ihr nicht mal einen schönen Ausflug bereiten. Jedenfalls war sie durch seine Zurückhaltung inzwischen auch zurückgezogen und fürchtete, dass ihr Treffen nicht mehr so spontan ablaufen würde, sondern gebremst. Vielleicht sogar verkrampft, weil es sie belastete, dass er nur aus Mitleid, aus sozialen Gründen mit ihr den Tag verbrachte wie mit einer alten Dame, die man im Altersheim besuchte, sie für den Nachmittag in der Stadt spazieren führte und mit Mittagessen, Kaffee und Kuchen abfütterte.

Sie hatte N. auf WhatsApp nach seinem Garten gefragt, ob er da zur Zeit viel Arbeit hätte. Er schrieb umgehend, dass er selten im Garten arbeite, aber ein „Garten-Genießer" sei. Sie hatte dann noch nach Fotos gefragt, er schickte drei, die je nur kleine Ausschnitte zeigten, grünes Gebüsch und einen größeren Tisch, an dem er essend und zeitungslesend saß (Regionalzeitung und Katalog für Elektroartikel wie er später erklärend schrieb). Auf einem anderen Foto sah man einen kleineren Tisch, aber es gab keinen Überblick über den Garten. Deshalb ging sie auf sein Profil auf der Partnerbörse, denn sie erinnerte sich, dass er dort ein Foto von sich im Garten aufgenommen hatte, das einen größeren Ausschnitt zeigte. Aber es war nicht mehr da, stattdessen andere, neue Portraitfotos. Eines davon kannte sie schon, das war aus dem Skiurlaub, und weil es so wunderschön war, erschrak sie sich heftig, denn ihr wurde blitzartig bewusst, dass er weitersuchte, eine andere Frau als sie. Sie fühlte sich zutiefst gekränkt, denn sie hatte sich der Täuschung hingegeben, dass er vielleicht doch etwas für sie empfinden könnte, aber es nicht zeigte oder sagte. Aber nein, er war bei seiner ersten Distanzierung geblieben, sie kam für ihn für eine Partnerschaft nicht in Frage, er suchte weiter. Sie dachte auch an all die Frauen, die sich um ihn reißen würden, wenn sie dieses wunderschöne Foto sähen, dabei vergaß sie, dass er für manche nicht der Typ war, auf den sie standen und ihn ihrerseits ablehnten. Nichtsdestotrotz, sie war so erdrutschartig geknickt, dass sie ihm am späten Abend für Ostermontag wegen einer geringfügigen Zerrung am Knie absagte. Er schrieb ihr, dass er hoffe, dass sie trotz der Verrenkung oder Verzerrung noch schöne Ostertage genießen könnte und schob wieder seine Stadt zwischen den lieben Grüßen und seinem Namen.

Sie erklärte ihm jedoch schon am nächsten Morgen, dass inzwischen, wahrscheinlich durch guten Schlaf, ihr Knie sich beruhigt hätte, sie eine Kniebandage trage, die sie noch von einer früheren Verletzung hatte. Aber dass sie davon ausgehe, am Montag wieder fit zu sein, zwar vielleicht noch nicht für eine Fahrradtour, aber für einen Bummel zu Fuß. Und falls er sich in den vergangenen nächtlichen Stunden noch nichts anderes vorgenommen hätte, könnte es bei der

Uhrzeit bleiben. Fragezeichen? So war es gut. Sie fühlte sich abgekühlt. Ihre Emotionen waren jetzt in die Schranken gewiesen.

N. meldete sich immer noch nicht.

Bei ihr hatte sich die Lage weiter entspannt, nicht gänzlich, denn irreale Ängste plagten sie nach wie vor. Sie kam auch auf die Idee, ob sie vielleicht auch Angst gehabt hätte, durch das Fahrradfahren von ihm getrennt zu sein, als wenn es eine Trennung und einen Verlust darstellte, auf zwei Fahrrädern schien ihr weniger Nähe möglich, als wenn sie nebeneinander zu Fuß gingen. Mit dem Fahrrad konnte sich jemand schnell entfernen, überhaupt Abstand halten. Sie schien die Ängste eines Kleinkindes zu durchleben.

Sie wusste nicht, ob sie in Tränen ausbrechen würde. Überhaupt hatte sie ihm gegenüber große Komplexe, es noch nicht einmal hinzukriegen und ein Fahrrad zu bedienen, die Gangschaltung, den Verkehr, den Automaten, mit dem man das Fahrrad freischaltet..... ungeschickt, ungelenk, unwissend, un...un....un....sie hatte Angst, sich zu blamieren usw., und sie wusste ja auch nicht, ob er hilfsbereit war oder sie im Regen stehen lassen würde, wenn etwas wäre. Sie war ihr Leben lang Fahrrad gefahren, aber fühlte sich plötzlich unsicher, als wenn sie es zum ersten Mal besteigen würde.

Hatte sie außerdem auch Angst vor der Öffnung gehabt, Angst sich Neuem zu öffnen, einer neuen Stadt, auch wenn sie klein war und nicht weit weg, der neuen Situation, ein Fahrrad auszuleihen und sich dabei vor ihm zu blamieren?

Ausschlaggebend war jedoch das Schreckerlebnis, dass sie sein schönes Portraitfoto auf seiner Seite fand, als sie nach dem Gartenfoto suchte. Sie dachte, dass das schöne Foto aus dem Skiurlaub, das er ihr auf WhatsApp geschickt hatte, nur für sie alleine wäre, und dann erschrak sie sich zutiefst, weil es für alle da war. Alle konnten darauf zugreifen, alle würden ihn schön finden und ihn anschreiben und sich mit ihm treffen wollen. Die Tatsache, dass er weitersuchte, nicht bei ihr Halt machte, nicht das Gefühl hatte, er hätte die Richtige gefunden, als die sie sich offenbar fühlte, obwohl ihr seine Worte „ohne Erfolg" noch im Ohr hingen, „ohne Erfolg" hatte er gesagt, sei ihr Treffen, ihr Austausch, das Kennenlernen verlaufen.

Er hatte sich offenbar schon in der ersten halben Stunde gegen sie entschieden, denn er sagte, dass man das doch nach der ersten „halben Stunde" schon wüsste, ob die Richtige vor einem stünde oder der Richtige. Wann er das gesagt hatte, wusste sie allerdings nicht mehr..

Sie wollte sich öffnen, sich der neuen Situation stellen, Verantwortung übernehmen und schickte ihm eine Sprachnachricht, die knapp vier Minuten dauerte, in der sie ihm schilderte, wie es zu der Überdehnung des Knies gekommen war. Sie beschrieb ihm die Yogaübung, in der das Gesäß auf den Fersen saß und die Arme weit nach vorne ausgestreckt wurden, um den Rücken zu dehnen. Es wurden dann die ausgestreckten Arme zur Seite geführt, so dass die Seite gedehnt wurde. Dasselbe dann zur anderen Seite, um auch diese Seite zu dehnen.
Sie kannte diese Übung und hatte bislang keine Probleme mit ihr, aber dieses Mal spürte sie einen Schmerz, doch statt aus der Position rauszugehen, blieb sie drinnen, weil sie dachte, dass sie sich vielleicht an die Position gewöhnen würde, aber dem war nicht so. Erst als der Schmerz unerträglich geworden war, sie sichtlich über Grenzen gegangen war, hörte sie auf und musste schließlich ihre Kniebandage anlegen. Sie sagte ihm, dass es etwas mühselig wäre, das alles zu schreiben.
Sie sagte abschließend, sie hoffe, dass er einen schönen Tag verlebt hätte und wünschte ihm eine Gute Nacht.

Seine Nachricht fiel knapp aus. Er habe schon etwas anderes geplant. Kein „leider".

Jetzt löschte sie den Kontakt. Natürlich, sie könnte ihn immer noch über das Portal erreichen, was sie jedoch nicht vorhatte.

Vielleicht würde sie dennoch in die Kleinstadt fahren, denn das Wetter sollte ausgesprochen gut werden. Sie würde allerdings nicht erst mittags fahren, sondern vormittags, vielleicht ein bisschen bummeln, vielleicht sogar Fahrrad fahren und Abschied nehmen.

Er musste sich das in der Nacht überlegt haben und hatte einfach nur geschrieben: „Ich habe für Montag was anderes geplant." Sie solle die Zerrung auskurieren. Liebe Grüße, dieses Mal ohne die Stadt dazwischen zu schieben.

Obwohl sie den Kontakt gelöscht hatte, war er noch da. Also schrieb sie noch „schade". Als er diese ein-Wort-Nachricht abgerufen hatte, gelesen hatte, wartete sie noch zwei Stunden ab, ob er darauf noch reagieren würde und löschte dann, diesmal mit Erfolg, den Kontakt auf WhatsApp. Überdies löschte sie ihr eigenes Profil auf der Partnerbörse. Falls er ihren schriftlichen

Austausch dort noch nicht gelöscht hatte, würde ihr Bild nicht mehr erscheinen, obwohl der Austausch bei ihm noch da war. Aber erreichen könnte er sie auf dem Portal nicht mehr, denn sie war ja jetzt dort gelöscht. Sie brauchte diese Pause.

Der Pfleger aus dem Osten, der immer nachts im Pflegeheim arbeitete, saß nach der Nachtschicht im Café und sah sich Anglerfilme an. Er erzählte ihr von der Auseinandersetzung mit dem Notarzt, der die Frau nicht mitnehmen wollte, zunächst nicht bereit war, eine Trage zu holen, etc. Ihr gefielen seine Ansichten. Im übrigen hatte er ihr einmal spontan 10 Euro geliehen, was anderen im Café nicht möglich war. Er war außerdem noch traurig, dass eine alte Dame, die er mochte, während seiner Abwesenheit gestorben war, sie hieß Barbara. Er sagte noch, dass die Klientel immer jünger würde, auch durch Alkohol viele zum Pflegefall würden.

Gestern war sie mit Ba., die im Café arbeitete bis ihr Integrationskurs „C1" beginnen würde - just in der Sprachenschule, in der sie früher unterrichtet hatte - in der Pause spazieren. Sie kauften sich ein Eis und gingen wieder zurück, denn die Pause war kurz. Bei sprachlichen

Problemen half sie ihr. Ba. meinte, dass ältere, syrische Flüchtlingsfrauen lieber in der Türkei blieben, weil die türkische Sprache und Kultur ihrer syrischen näher sei als die deutsche. Für die jungen Leute galt das nicht mehr, sie drängten auf Ausbildung und Fortschritt.

Als sie auf den Beginn der Yogastunde wartete und sich im Center an der Wand die Aushänge ansah, las sie auf einem Aushang: „zu verschenken". Sie wusste nicht, ob der Text auf der Karte gemeint war oder ein weißes Perlenarmband oder der Schlüsselanhänger mit einem Delfin, Sachen, die auch dort hingen. Unter dem Zettel waren noch andere mit anderen Texten. „Ihr" Text, bzw. der Text auf dem obersten Zettel, den sie las, lautete: „Loslassen, was du liebst. Wenn es dann zurückkommt, dann gehört es dir - für immer".
Konfuzius

Das stimmte wohl mit dem Loslassen, aber mit dem Zurückkommen, da hatte sie so ihre Zweifel......
Dann hatte sie eine schöne Yogastunde und vorher „stretch und relax"
Anschließend fuhr sie zu Ba. ins Café, aber sie hatte heute viel zu tun, so dass sie nicht wusste,

ob sie für einander Zeit haben würden…. Aber sie strahlte, als sie sie sah. Sie könnte mit ihren 22 Jahren gut und gerne ihre Enkelin sein …..

Ostermontag wollte sie das kochende Wasser aus dem Wasserkocher in die Tasse, die hinter ihm stand, gießen, als sie ihr inneres Handgelenk durch den siedend heißen, aufsteigenden Wasserdampf verbrühte. Blitzschnell zog sie ihre Hand zurück, aber es tat auch zwei Stunden danach noch weh, die Stelle war rot angelaufen und hinterließ vier Brandflecken. Ein kleiner Suizidversuch? Immer, wenn sie von Männern zurück gewiesen, ihre Liebe nicht erwidert wurde, passierte ihr eine „unbeabsichtigte" Selbstbeschädigung wie etwa ein Handgelenksbruch, ein verletztes Knie, in Trance vor den Bus laufen, die Brandflecken, sie waren bislang noch das Harmloseste.

Sie schrieb zwei Emails und ging dann in die Wohnung ihres Sohnes, um die Vorhänge abzunehmen, gegen Abend wollte sie sie waschen, weil die Wasserränder schäbig aussahen, und sie hatte sie ja auch bestimmt zwei oder gar drei Jahre nicht gereinigt. Ihren Schlafzimmervorhang würde sie dazu tun, auch er hatte Wasserränder, weil der Vorhang manchmal in das Wassergefäß geriet, das auf der Heizung unter dem Fenster stand. Sie packte sie in den Rucksack und würde sie bis zum Abend mit sich schleppen, denn dann müsste sie auf dem Rückweg nicht nochmal die Treppen in den vierten Stock hochgehen, um sie erst dann einzupacken.

Auf der Straße traf sie einen Bekannten, der ihr von Kaltenhofe erzählte, wo sie den Geburtstag seiner Schwester gefeiert hatten. Sie selbst wollte heute am Ostersonntag in die Kleinstadt fahren, wo sie am Ostermontag mit N. verabredet gewesen wäre. Eine andere Kulisse an diesem sonnigen Tag war doch besser als gar nichts. Derweilen saß sie am Hauptbahnhof, blickte auf die Gleise hinunter und schrieb, während sie nebenbei ihren ersten Cappuccino trank und ein Butterbrot aß.

Auf dem Weg zum Bahnhof hatte sie sogar ihr WhatsApp Foto gelöscht.

Es war wirklich ein Bummelzug, aber dann stieg sie aus. Am Bahnhof sah sie auch die Fahrradstation, von der N. gesprochen hatte. Sie überlegte einen Moment, ob sie eines leihen wollte, wollte sie aber nicht, sie lief genauso gerne zu Fuß durch eine fremde Kleinstadt, so wie auch der 27-jährige Xue, den sie alsbald traf.

Er kam aus Shanghai und flog morgen zurück über Dubai 22 Stunden lang nach Shanghai, wo sein Bruder Kriminalpolizist auf dem Commercial Sektor war. Er meinte, dass sich das mit der Internetzensur und auch noch anderes in China verbessert hätten. Er hatte schon dreißig Länder bereist, natürlich immer auf die Schnelle, wenn man das so sagen darf, wie alle Chinesen, die dann in Windeseile alle Denkmäler fotografieren, und weiter geht es. Er fotografierte sich bei ihrem Spaziergang auch sehr oft und hielt dabei einen Brief von seiner Freundin hoch, die bildende Künstlerin war, mit der er in Shanghai zusammenlebte, auf dem Brief waren rote Herzen gemalt. Ihr Geld verdiente seine Freundin mit der Arbeit in einer Software Firma, er arbeitete in einer Reederei. Sie spazierten gemeinsam den Vormittag über durch die alten Gassen und schauten sich die Sehenswürdigkeiten an. Die Sonne schien prall, am Kanal tranken sie Cappuccino und Tee. Sie fuhren auch zusammen zurück, sie konnte Xue auf ihrer Abo Karte mitnehmen. Der Zug hatte 40 Minuten Verspätung. In Hamburg trennten sie sich wieder. Er war wirklich ein netter Typ. Besser hätte sie es nicht antreffen können. Er hatte auch Fotos von ihr gemacht, die sie für ihr neues Profil, wenn sie es anlegen würde, benutzen könnte und eines für WhatsApp.

Sie hatte sich losgelöst und warf hier im Café, wohin sie nach dem kleinen Ausflug gegangen war und Ba. Schicht hatte, die Telefonnummer von N. in den Abfalleimer.


Es war nichts los im Café und Ba. erzählte ihr vom Krieg, in dem auf ihr Haus in Syrien eine Bombe fiel und sie, Gott sei Dank, unverletzt in eine andere Stadt zogen, wo ihr Vater eine große Wohnung für die Großfamilie anmietete, inklusive Tanten und Onkel. Er verdiente als Foto-Journalist bei einer britischen Agentur sehr gut. Schickte ihnen Fotos und wurde von der Regierung, die mit seinen Fotos nicht einverstanden war, 14 Tage lang festgehalten. Als er wieder aus der Haft entlassen wurde, begann seine Krankheit. Er starb mit 53 Jahren an Krebs. Im Libanon bekam er Chemotherapie, aber sie konnten nichts mehr für ihn tun und entließen ihn nach Hause. Ba. hat in der Zeit alle Kontakte zu ihren Freunden abgebrochen. Sie wollte nur bei ihrem Vater sein. Ihre Familie dachte, sie würde sterben und verheimlichte ihr den Tod des Vaters, den sie so liebte. Aber sie band ihm einen Puls-Messer um das Handgelenk, der zeigte Null an. Da wusste sie sicher, dass er gestorben war,

worüber sie untröstlich war. Sie hatte mit ihrem Freund viele Probleme im Laufe der vier Jahre, in denen sie zusammen waren. Er möchte wieder mit ihr zusammen sein, aber sie will das nicht. Ihre Mutter und ihr Vater waren gegen das Regime, die Machthaber wussten es. Ihre Mutter arbeitete auch als Journalistin, aber im Gegensatz zu ihm, schrieb sie. Sie arbeitete als Angestellte, dort wurde ihr gesagt, dass sie nichts gegen das Regime schreiben dürfe. In der Türkei, wo sie gewissermaßen festsitzt, weil sie kein Visum für Deutschland bekommt, arbeitet sie wieder als Journalistin. Ba. sagt, dass viele in der Türkei, die aus Syrien kommen, sich nicht bei den Behörden melden würden. Sie habe das auch nicht gemacht und habe anderthalb Jahre illegal dort gelebt.
Zwischendurch erklärte sie ihr Vokabeln und Grammatik. Ba. hatte doch noch sehr viel zu lernen, das hatte sie beim ersten Eindruck nicht bemerkt. Aber wenn das Gespräch tiefer und ausführlicher wurde, zeigten sich die Lücken.

J. wünschte ihr frohe Ostern auf WhatsApp und schrieb, dass es dabei bliebe, egal, was die Sperma Untersuchung bei ihrem Freund ergeben würde, er würde mit ihr ein Kind groß ziehen, habe aber Angst vor der finanziellen Belastung, wenn er in Rente sei. Sie waren schon zur

Beratung bei „pro familia" , ein Beratungstermin in einem Berliner Fertility-Center stand in einer Woche an, dann ginge es um das Thema Samenspende.

Zu Hause wusch sie die Vorhänge, bügelte sie, brachte sie sogar abends um 22.30 noch rüber in die Wohnung ihres Sohnes und hängte sie auf. Am nächsten Morgen ging sie nochmals hin, um aufzuräumen, falls er doch früher nach Hause käme, als beabsichtigt und fuhr dann mit dem Fahrrad nach Altona zum Sport. Wegen des Verkehrsaufkommens benutzte sie nur noch am Wochenende das Fahrrad.

Sie würde das bemalte ukrainische Osterei nicht behalten und auf ihrem Schreibtisch hin und her rollen, sondern verschenken, nebst Osterhasen und Henne.

Dieses Mal stimmte es wirklich: Sie hatte einen Flug nach Südfrankreich gebucht ….

Wieder mal war Yoga bei Matthias Spitze. Das Training hatte sie wiederbelebt. Es war wie eine Reanimation….

Anlässlich des Todes von Hannelore Elsner wurde der Film „Alles auf Zucker" gezeigt. Eva, die Tochter eines jüdischen Vaters aus Ungarn, hatte ihr schob vor langem davon erzählt, es war einer ihrer Lieblingsfilme, denn sie liebte das Komische und Ironische, ja das Lächerliche, wenn das vermeintlich Toternste ins Lächerliche gezogen wurde und oftmals die Wahrheit, das wahre Gesicht  unter der Fassade hervorkam, das Abblühen der hochgeschaukelten Lügen, das Ende des Theaters, der Blick hinter die Kulissen. auch ihr hatte dieser Film aus genau diesem Grund gefallen. Er entkrampfte das Bitterernste.
Sie müsste sich auch entkrampfen. Sie dachte an den neuen jüdischen Mieter des Elternhauses, in dass sie gerne noch einmal gegangen wäre, auch um den Umbau zu sehen, was er sogar seinerzeit vorgeschlagen hatte: „Wenn wir fertig sind, müssen Sie sich das mal ansehen!" Aber nun, wo es möglich wäre, sperrte er sich. Sie respektierte das. Natürlich. Dennoch tauchte das alte Gefühl auf: dass das Elternhaus sie ablehnte. Der Bauch ihrer Mutter war ja ihr allererstes Elternhaus.

Am nächsten Tag ging sie zum Yinyoga, Bei dieser Yogapraxis wurden die Übungen drei bis fünf Minuten gehalten. Nach der Stunde fühlte sie eine große Trauer. Vielleicht, weil es meistens Übungen waren, bei denen der Kopf herunterhing, das ging möglicherweise auf den Kreislauf. Sie ging auf Toilette und fühlte sich sehr schlecht, so sehr, dass sie den Gedanken hatte, dass sie jetzt sofort Selbstmord begehen müsste, denn die Angst in ihr war sehr groß geworden. Eine Panikattacke. Es war furchtbar. Es fiel ihr eine Frau ein, die nach einer Yoga-Praxis heulend aus dem Kurs kam, weil die Asanas, die Körperübungen (früher im Schulunterricht sagte man Leibesübungen) in ihr offenbar verdrängte Gefühle hochgespült hatten. Sie ließ kaltes Wasser in ihre Hand laufen und benetzte damit ihr Gesicht, ihre Stirn, ihre Wangen, ihre Nase, ihre Augen, ihre Lippen, ihren Hals und wiederholte den Vorgang. Dann verließ sie das Center und kaufte auf dem Heimweg wie schon einmal in verschiedenen Apotheken Schlaftabletten, denn sie war sich nicht sicher, ob sie in ihrer Wohnung pfündig würde. Zu Hause steckte sie sie sofort in ihren Rucksack, den sie als Handgepäck mit in den Flieger nehmen würde, als wenn es eine Notfall-Apotheke wäre….

Sie war schockiert, denn sie traf den Bekannten nach langer Zeit zufällig wieder. Sie hatten 30 Jahre lang alle paar Monate mal einen Kaffee getrunken, bis er sie plötzlich nicht mehr treffen wollte und ihr per mail den Laufpass gegeben hatte. „Hallo Ja.!" sagte sie, denn er lief neben ihr. Sie blieben stehen. Er erzählte, dass er mit seiner Frau im Kino saß, den Film „Die Frau des Nobelpreisträgers" sah, plötzlich hatte er Herzversagen, begann wohl leicht zu schnarchen, glücklicherweise saß ein Arzt hinter ihm, der sofort wusste, was los war und ihn reanimierte. Im Krankenhaus wurde er ins künstliche Koma befördert, kam später in die Reha und lief jetzt gerade zu einem Kollegiumstreffen, den EKG Messer um den Bauch gebunden. Jeden Morgen, wenn er aufwache, bedanke er sich für das zweite Leben.

Sie war geschockt, obwohl sie in der letzten Zeit gehäuft solch Schreckensmeldungen empfing. „Du hast es geschafft!", sagte sie bevor sie kurz darauf auseinander gingen und er entgegnete, dass er bald wieder Auto fahren dürfe.

Sie wusste nicht, warum es ihr einen so tiefen Schrecken eingejagt hatte. Vielleicht lag es nur daran, dass sie sich lange kannten, 30 Jahre, auch wenn sie keinen Kontakt mehr gepflegt hatten und dieser abrupt und unschön zu Ende gegangen war.

Wieder rollte eine Panikattacke heran, die sich wie eine Welle mehr oder minder entladen würde. Sie produzierte ein Gefühl der Enge, ihre Kehle schnürte sich zu, die Angst saß ihr im Nacken, jemand drückte ihr die Kehle zu. Das war der Penis von F., den er ihr in ihren Mund und Rachenraum hineinstieß, wodurch sie diese blutende Wunde und Enge empfand und sich wie im Tode auflöste. Die inneren Wände ihres Mundes bluteten, der Penis hatte ein Blutbad verursacht, in dem er badete, sich austobte, sich verging wie an einer Leiche, denn lebendig war sie durch den Tod, den sie durch die vorangegangene Vergewaltigung gestorben war, nicht mehr.

Würde sie es in Südfrankreich aushalten? Kamen die Wellen bis nach Südfrankreich?

Ihr blinder Sohn sagte beiläufig, als sie ihm die Geschichte von J. erzählte, er hätte vor ein paar Wochen auch erste Hilfe geleistet. Zwei Etagen unter ihm hätte im Hausflur eine ältere Frau um Hilfe geschrien. Er sei sofort runter gelaufen, sonst hatte sich keine Tür im Haus geöffnet. Sie bat ihn herein, weil ihr Mann auf dem Boden lag und röchelte. Sie wusste die Notarzt Nummer nicht. Er erledigte das und blieb bis sie ihren Mann auf der Bare wegtrugen. Er hätte auch gepumpt, aber er habe noch geatmet. Ein paar Stunden später ging er nochmal hinunter, um zu fragen, ob er ihr, der älteren Dame, etwas einkaufen solle. Aber inzwischen war der Sohn da, der etwas komisch gewesen wäre.

Am Wochenende stand bei ihm eine Mitgliederversammlung an, danach müsste er Interviews in Marburg machen, in Frankfurt war anschießend die SightCity, die größte internationale Fachmesse für Blinde und Sehbehinderte, über die er berichten müsste, später kam noch das Louis Braille Festival in Leipzig, wo er einen Comedy Auftritt haben würde, am nächsten Tag wieder Interviews und auch am letzten Tag war, sie wusste nicht mehr was…..

Ihre Bekannte, die Opfer eines Liebes-scammings geworden war und Ja. auch kannte, schrieb: „Das ist ja ein Ding mit Ja., soviel Glück im Unglück! Das rückt die Perspektive zurecht: Was ist schon so ein bisschen Liebeskummer?! Dennoch geht es mir nicht gut. Alles wieder Grau in Grau, so wie ich es kenne…."

Sie konnte es sich nicht verkneifen und ging nochmal auf das Profil von N., denn sie hatte, wenn sie an ihn dachte, immer noch Schmetterlinge im Bauch… Jetzt hatte er das schöne Portraitfoto aus dem Skiurlaub bearbeitet, d.h., seine Freunde weggeschnitten und es an die erste Stelle gesetzt, sein altes Profilfoto durch das schöne ersetzt. Sie hinterließ keine Nachricht. Sie freute sich jetzt auf ihren Urlaub, sie war heilfroh, dass sie nicht auf dieser Enttäuschung im Tunnel sitzen blieb, sondern Südfrankreich gebucht hatte, das lag außerhalb des Tunnels….

Es verletzte sie immer noch, wenn sie daran dachte, dass N. noch nicht einmal an ihrem neuen Profilfoto interessiert war, es mal angeklickt hätte, das gab sie vor sich selbst zu. Es war, als wenn er es vermied, sie anzusehen, das beschämte sie. Sie schickte ihm eine kleine Nachricht, in der sie um eine Sprachnachricht bat, weil sie die Hoffnung noch nicht aufgegeben hatte, dass er sie nochmal anschaute.
Er schickte ihr eine Antwort, aber ohne auf ihr Profil gegangen zu sein. Er schrieb, dass er den Eindruck habe, „dass du erheblich mehr von

unserer Beziehung erwartest, als ich erfüllen kann und will." Dass er sich beim ersten Treffen „auf dem Rückweg dahingehend geäußert hätte, dass die Grundlage für eine Partnerschaft nicht gegeben sei und daran hat sich nichts geändert." „Es tut mir leid, wenn ich durch meine Äußerungen oder mein Verhalten einen anderen Eindruck erweckt haben sollte." „Herzliche Grüße aus X, N."

Sie schluckte, als sie den Brief gelesen hatte, wenngleich sie froh über die klaren Worte war. Zum ersten Mal bekam sie herzliche statt liebe Grüße aus...., N. Sie ging in die Küche und stellte automatisch das Radio an. Sie hatte den Klassiksender eingestellt und dieser kündigte gerade die 5. Sinfonie Beethovens an, die auch „Schicksalssinfonie" genannt wurde. Sie hörte sie bis zum Ende.

Am nächsten Tag schrieb sie an N., es bliebe die Frage, ob sie Kontakt halten wollten? Natürlich auf der Basis seiner letzten Nachricht! Dann aber sei ihr wichtig, dass auch er Initiative ergreife und nicht nur reagiere wie bisher. Bis jetzt habe sie bis auf einmal, wo er sie um die Meinung nach seinem Foto fragte, immer die Initiative ergriffen, Vorschläge gemacht oder Mails geschrieben. Er habe zwar immer geantwortet, aber nicht von selbst agiert. Das wolle sie so nicht mehr, wenn der Kontakt beibehalten würde. Dann wollte sie einen Kontakt auf Augenhöhe.

Er antwortete, …"dass es auch zukünftig so bleiben würde, nicht immer, aber häufig, da ich hier im Umfeld ohnehin viele Kontakte habe, die zu pflegen mir wichtig sind. Darüber hinaus hält mich auch das Betreuen des Portals in Trab. Ich möchte daher den Kontakt beenden und hoffe, dass für dich kein böser Beigeschmack zurückbleibt."

In einer zweiten Nachricht Sekunden später abgesendet, schreibt er, dass er ihr den Text auch noch über WhatsApp zukommen lasse, so dass sie ihm sowohl hier als auch dort antworten könne.

Damit hatte sie nicht gerechnet, dass er so einen harten Schnitt machen wollte. Sie dachte, dass sie vielleicht ab und an mal hätten telefonieren können oder eine Nachricht verschicken. Aber jetzt verging ihr der Appetit auf alles, was mit ihm zu tun hatte. Sie hatte noch nicht einmal das

Bedürfnis ihm zu antworten wie er es offenbar erhoffte. Was sollte sie ihm denn noch antworten? Es scheiterte nach ihrem Dafürhalten an der Gegenseitigkeit, dass auch er, wie sie es wünschte, nicht nur reagierte auf sie, sondern genauso viel Initiative zeigen müsste. Vielleicht brauchte er das Ungleichgewicht, dass jemand um Kontakt bettelte, dann gab er willfährig, was erbeten wurde, das hatte sie ja im Laufe der „Beziehung" festgestellt. Überdies gewann sie mit dieser mail den Eindruck, dass er sehr viel Bestätigung brauchte und ein Kümmerer war, dieser Verdacht hatte sie auch schon innerhalb ihres Austauschs beschlichen. Möglicherweise steckte dahinter ein Minderwertigkeitskomplex, den er durch seine vielen Kontakte vertuschte. Vielleicht war er gar nicht beziehungsfähig und wünschte sich eine unterwürfige Frau, wenn er sich überhaupt eine Frau wünschte, denn vielleicht auch war er insgeheim schwul wie sein Bruder. Nun wurde sie gemein. Der Frust trieb sie in die Gemeinheit. Aber Tatsache war, sie wollte ihn jetzt weder wiedersehen, noch sprechen und sich auch nicht mehr mit ihm schreiben. Das Glas war leer. Es war nicht mehr halb leer oder halb voll, sondern völlig leer und auftanken wollte sie absolut nicht mehr. Sie hatte die Nase voll.

Auf der Straße traf sie ihren früheren Hausarzt, der inzwischen auch in Rente war. Er war an ihr vorbeigegangen, sie rief seinen Namen. „Ach, bist du es?!", sagte er, als sie neben ihm stand, er hatte sie wohl von hinten erkannt, war aber dann doch unsicher und ging ohne sich umzudrehen vorbei. Er sagte sofort, dass er ihren „tollen" Brief zu Weihnachten bekommen, aber es vernachlässigt hätte zu antworten, dass er zwei Bücher von ihr gekauft hätte, und er schwärmte lange über die Filmemacherin Claire Denis. Am Ende des Gesprächs sagte er, er wolle ihr die DVDs zukommen lassen. Er erzählte ausführlich den Inhalt von zwei Filmen von Claire Denis und einem von Agnes Varda. Des Weiteren erzählte er ausführlich von seinen Krankheiten. Sie fand es gut, dass er sagte, dass er jetzt selbstbewusst mit seinen Krankheiten lebe. Und regelmäßig besuche er ein Etikseminar, letztes Mal habe eine Gynäkologin….

Sie musste jetzt wirklich unterbrechen, sie bräuchte etwas zu trinken, dringend müsste sie etwas trinken, sie standen inmitten von brausendem Verkehr vor dem Geschäft, in das sie hineinwollte.


Ihr fiel auf, dass sie in der letzten Zeit Menschen traf, mit denen sie seit langem keinen Kontakt mehr hatte und ein Fragezeichen zurückgeblieben war.

Sie befand, dass alle in ihrem Alter nicht mehr fest auf beiden Beinen standen, sondern wackelig. Der Stand war wackelig geworden, sie standen nicht mehr fest in dieser Welt verankert, sondern hatten sich losgerissen oder waren losgerissen worden, entwurzelt, die Wurzeln waren nicht mehr da oder nur noch wenige, und eines Tages würden sie deswegen umkippen, wie sie es vielfach hörte, wenngleich noch ein paarmal aufstehen, bis sie liegen blieben.

N., so dachte sie auf ihrem Gemeinheitstrip, war eben ein Provinzler, was hatte er überhaupt gemeint „mit alles Weitere ergebe sich"? Am Ostermontag mit dem Fahrrad durch die Stadt, Mittagessen, später am Nachmittag Kaffee und Kuchen und alles Weitere ergebe sich. Hatte er etwa an Sex gedacht, dass sie bei ihm übernachtete? Nein, das glaubte sie nicht wirklich.

Sie blickte auf ihre Brandnarben am rechten Handgelenk in Zusammenhang mit ihrer sie verstörenden Story mit N. durch den heißen Wasserdampf aus dem Wasserkocher verursacht, die doch sehr auffällig waren, würden sie so auffällig bleiben?

J. war auf dem Rückweg von ihrer Beratung im Berliner Fertility Center und schickte ihr eine Nachricht: Sie hätte sich für eine künstliche Befruchtung entschieden, da ihr Partner, den sie auf demselben Portal kennen gelernt hatte und mit dem sie jetzt zwei Jahre zusammen war, nicht noch einmal Vater werden wollte, er hatte aus seiner Ehe schon zwei erwachsene Kinder, und sie, 10 Jahre jünger als er, hatte noch keines. Sie wolle die „Insemination" auf jeden Fall ausprobieren. Sie war 43 und bis 45 ginge das.

Am nächsten Tag war sie mit ihrer früheren Kollegin M. verabredet, die zwar in Rente war, aber an einem Tag in der Woche immer noch als Paar- und Familientherapeutin arbeitete. Sie war auf einer anderen online Partnerbörse unterwegs. Als sie ihr von N. erzählte, sagte sie, „der kommt mir bekannt vor!". Sie habe auf ihrem Portal 20 Favoriten abgespeichert, darunter sei einer, der sie an den Mann erinnere, von dem sie erzählte. Die Angaben, die er dort gemacht hatte, stimmten überein, die Stadt, in der er zu Hause war, das Äußerliche. Sie hatte ihn noch nicht angeschrieben, sie ließ sich Zeit mit ihren

Favoriten, überdies war er Lehrer, das war für sie per se schon ein Beruf, bei dem sie misstrauisch war, wenn auch geringfügig. Sie erzählte ihr von dem Foto, das in ihr so viel Enthusiasmus ausgelöst hatte. Sie vereinbarten, dass sie sich beide vor dem Rechner wiederträfen, wenn sie wieder zu Hause wären. Von dort aus verglichen sie nochmal, er hatte tatsächlich denselben Namen. Sie schickte M. kurzerhand sein Profilfoto zu und siehe da, „Das ist er!" sagte sie, er habe auf ihrem Portal dasselbe Profilfoto eingestellt. Aber im Gegensatz zu ihr war sie überhaupt nicht begeistert von dem Foto, sondern sie hätte beim ersten Anblick gedacht: „DER BEISST GLEICH ZU !" Aber warum? fragte sie. M. fand, dass er streng aussehe, verkrampft. Wie kann das sein? Sie versuchte ihre Sicht nachzuvollziehen, aber es gelang ihr nicht. M. sagte, das sei doch immer so, dass jede/r etwas anderes sehe. Ob es sich um Filme oder Menschen handle. Womit sie natürlich recht hatte. Dennoch schockierte sie der extreme Unterschied ihrer Wahrnehmung. Sie sah etwas in ihm, an ihm, was M. partout nicht sah, das verunsicherte sie. Da sie ja unter anderem Paartherapeutin war, hatte sie vermutlich die bessere Menschenkenntnis.

Inzwischen war sie dem Foto gegenüber völlig neutral, es löste nichts, aber auch gar nichts mehr in ihr aus, und auch von ihm selbst hatte sie sich innerlich abgewendet. Er war für sie passé. Vielleicht würde sie mit M. in ein paar Monaten wieder auf einer Bank des Altonaer Balkons sitzen und über M.s Story mit N. reden, wer weiß, denn trotz ihrer Vorbehalte, hatte sie ihn ja unter Favoriten abgespeichert, auch wenn sie seine ausführliche Beschreibung seiner selbst, in der er Punkt für Punkt alle Bereiche und alles Wichtige für ihn behandelte, als „starr" empfand.

Die zierliche M. hatte indessen sogar an jemanden geschrieben, der nichts als sein Foto eingestellt hatte. Aber es gefiel ihr, und sie fragte nach. Als Antwort bekam sie zu hören, dass er eine vollbusige Frau suche, eine mit großer Oberweite und dass er am Stock ginge.

Sie selbst bekam auch unangenehme Post: Da hatte jemand geschrieben, er wolle ihre Muschi heiß lecken. Gott sei Dank hatte sie sich mit dem Kerl nicht getroffen, sondern ihm abgeschrieben. Das passte ihm nicht und daraufhin schickte er ihr diese unverschämte mail. Jemand anderes schrieb: „Was für ein freundliches Lächeln. Dich mag der Klaus! Sie empfand das als Vereinnahmung der subtilen, dummen Art. Ein weiterer schrieb ihr frank und frei, dass er extra aus Berlin anreise, um sich das Geld für die Huren zu sparen, denn manche Frauen würden sich schon am ersten Abend auf Sex mit ihm einlassen, das seien doch alles Schlampen.

Es beschäftigte sie noch, warum N.s Frau nie berufstätig war. Das passte nicht zur 68er Generation, sondern eher zur Generation davor. Er hatte so kategorisch gesagt, dass sie nicht berufstätig war, als wenn er es nicht gewollt hatte. In seinem Profil schrieb er kategorisch, dass er nichts davon halte, wenn es heißt, Gegensätze zögen sich an. Er wollte also, dass die Frau an seiner Seite möglichst genauso gestrickt war wie er. Er wollte möglichst wenig Distanz zwischen ihm und ihr. Wollte er seiner Frau keinen Freiraum zugestehen? Kein eigenes Leben? Kein eigenes Berufsleben? Sondern forderte ihre Selbstaufgabe, absolute Anpassung an sein Leben, in dem sie in ihm aufging und für die gemeinsamen Kinder und den Haushalt da war. Sie mochte es nicht glauben und doch kamen ihr diese Phantasien, dass er sie entmachtete bzw. dass er genau so eine Frau aussuchte, die nicht ein echtes Gegenüber mit einer eigenen Welt war, sondern in seiner aufging. Das war furchtbar, vielleicht war sie deswegen untergegangen, war am Ende völlig ausgepowert und konnte ein solches Leben nicht mehr führen, in dem sie kein eigenes Selbst mehr hatte, sondern sich nur alles um ihn drehte, um seine Bedürfnisse und die der Kinder.

Sie hatte diese Phantasien, die wahrscheinlich nichts mit der Realität der Beziehung von N. zu seiner Frau zu tun hatten, weil sie selbst diesen Parcours hinter sich hatte: Selbstaufgabe für den Mann. Sie kannte das auch, dass Männer den ganzen Raum forderten und nicht akzeptieren konnten, dass sie ihren eigenen Bereich hatte, ein eigenes Leben. So wie es N. ja auch unmöglich schien, sich für ihren Bereich der Kunst zu interessieren oder diesen Bereich, der ihm fremd war und das bleiben sollte, zu akzeptieren.... Es gab Männer, die Frauen in ihrem Dasein förderten, sie unterstützten, ihre Bedürfnisse beruflicher oder privater Art, aber das waren offensichtlich Ausnahmen. Meistens fühlten sie sich bedroht durch den eigenen Lebensbereich, den die Partnerin beanspruchte, wenn man es sich schon aussuchen konnte, dann bitte nicht so eine Frau.
Sie glaubte, dass es genau daran gelegen hatte, dass man ihr etwas wegnehmen wollte, dass ihre Ängste u.a. genau damit zu tun hatten, dass sie

befürchtete, dass ihr ihr eigener Lebensbereich weggenommen wurde die Möglichkeit, ihn auszudrücken, dafür Platz zu haben.

Sie verspürte den körperlichen Druck, ein Selbstportrait zu malen. Das hatte sie ewig lange nicht gemacht, es lag sicherlich über 30 Jahre zurück, wenn nicht gar 40. Sie traute sich, ja sie traute sich, ihr erstes Selbstportrait zu malen, wenngleich sie sich von der Seite malte. Sie würde es nicht vernichten wie ihre früheren, sondern akzeptieren, dass auch sie daseinsberechtigt war, eine Lebensberechtigung hatte, dass auch sie einen Raum für sich fordern durfte....

Die kranke Frau saß wieder strickend im Café, sie hatte schon drei ambulante Operationen an ihrer Gebärmutter hinter sich. Die Ärztin wollte den Krebs auf diese Weise besiegen, hoffte, dass dann die Gebärmutter nicht ganz entfernt werden müsste, damit sie noch Kinder kriegen könnte. Nun gab es bei den Nachuntersuchungen aber doch noch eine Stelle, an der sie die Krebszellen nicht hatte wegnehmen können, dahinein bekam sie jetzt regelmäßig zweimal die Woche sechs Wochen lang Kortison gespritzt. Sie sah wirklich mitgenommen aus. Wenn diese Behandlung keinen Erfolg zeigen würde, müsste die Gebärmutter rausgenommen werden. Im Moment hatte sie tierische Rückenschmerzen von dem halbstündigen Liegen auf dem Gynäkologenstuhl zweimal die Woche.

Zur Erholung war sie mit ihrem Mann in ein schönes Hotel an die Küste gefahren, wo sie 15 km am Tag gelaufen seien und aus ihrem Zimmer eine wunderbare Aussicht hatten.

Jedes Leben ist besonders und einmalig.

Der neue Eigentümer ihres Elternhauses sagte ihr per mail ab. Sie hatte ihm bereits vor ein paar Wochen gemailt, dass sie am Wochenende in der Stadt sein würde und gerne auf eine kurze Stippvisite zur Besichtigung des umgebauten

Hauses vorbeikommen würde, so wie er es immer in Aussicht gestellt hatte, sogar ursprünglich selbst angeregt hatte. Natürlich war sie traurig über seine Absage. Am Anfang war der Kontakt sehr enthusiastisch gewesen, er hatte ihr sogar Fotos von seinen Kindern geschickt und auch von den Bauarbeiten, aber dann zog er sich aus Gründen, um die sie nicht wusste, zurück. Vielleicht würde sie mit C., bei der sie übernachten würde, am Haus vorbeispazieren und sich die äußerlichen Veränderungen ansehen, vielleicht auch nicht. Das letzte Mal, dass er enthusiastisch und freundschaftlich reagierte, war, nachdem sie ihm vor ein paar Wochen einige Radierungen geschenkt und per Post zugeschickt hatte.

Es kam noch zu einem kleinen, grußlosen Nachschlag zwischen N. und ihr. Sie hatte ihm nämlich geschrieben, was sie darauf antworten sollte, was er sich vorstellte, dass sie antworten sollte, weil er ja schrieb, sie könnte ihm sowohl auf dem Portal als auch über WhatsApp antworten.

Er schrieb, dass er sie so verstanden hätte, dass sie vorhätte zu antworten und fügte entsprechende Zeilen aus ihrer mail ein.

Darauf antwortete sie ihm, dass sie da noch nicht wusste, dass seine Antwort auf die Frage, ob sie in Kontakt bleiben wollten so kategorisch ausfallen würde, daher gebe es nichts zu antworten. Aber ihr sei inzwischen eine Antwort eingefallen, die befände sich in ihrer mail, die sie ihm vor dem Skiurlaub schickte, in der sie gefragt hatte, ob er den Kontakt abrechen wolle.

In der mail damals hatte sie geschrieben, falls er den Kontakt abbrechen wolle, sei das okay, denn jeder, jede sei frei in seinen, ihren Entscheidungen.

Sie schaffte es, ein Selbstportrait von vorne zu malen.

Sie erkannte das ehemalige und jetzt von dem neuen Besitzer umgebaute Elternhaus kaum wieder als sie vor Ort war und auch die Straße nicht. Die Straße wirkte jetzt auf sie sehr teuer. C. sagte, dass die Leute, die in Düsseldorf keine erschwingliche Immobilie fanden, sich inzwischen hier niederließen. In der Tat wohnte auch der neue Eigentümer vorher in Düsseldorf. Ein parkendes Auto stand im Eingangsbereich. Ein Fenster war vergrößert worden, aber nicht viel, es war jetzt unterteilt in drei Teile, in ein etwas größeres Mittelteil und in zwei schmale Seitenteile. Dadurch wirkte es, als sei das Fenster kleiner geworden, vorher war es eine einzige große Scheibe. Es kam ihr vor, als wären die Backsteine wie neu, aber das würde sicherlich nicht stimmen. Sie erinnerte sie dunkler, gar düster, aber diese waren hell, sogar ein bisschen glänzend. Vielleicht war hier die Sonne im Spiel? Die Haustür war natürlich neu. Der offene Zugang zum Garten vollkommen hinter einer Mauer bzw. Holzabsperrung verschwunden. C. sagte, dass das wohl notwendig sei wegen möglicher Einbrecher.

Sie war doch froh, dass sie das Haus noch einmal gesehen hatte. Es war wirklich nicht mehr zu vergleichen mit dem dunklen Haus, in dem sie gelitten hatte. Der Partner von C., der im Auto sitzen geblieben war, sagte zu der Lage der Straße: Abgeschnitten von der Stadt.

Die Fenster waren ohne Gardinen, sie sah einen silbernen, vielarmigen Kerzenleuchter, vielleicht ein jüdischer und eine Stehlampe, die einen großen kugeligen Kopf hatte, der unten geöffnet war, damit das Licht auf die Zeitung oder Ähnlichem fallen konnte. Die große Kugellampe hing an einem Schwenkarm, der in hohem Bogen geschwungen war und trotz aller Neuerungen den Eindruck von etwas Antiquiertem machte, wie schon die Fenster. Drinnen schien immer noch dieselbe Dunkelheit zu herrschen, die taubstumme Dunkelheit, die sich wie ein Belag auf ein helles Licht gelegt hatte und an seiner statt die vorderen, zur Straße gelegenen Räume ausfüllte. Dieser Belag, wie eine belegte Zunge, hatte sie sehr krank gemacht. Er stand für die Erlebnisse in diesem Haus, die in die Depression führten, die wie ein Belag auf der Zunge war, ein Zeichen von Krankheit, von Schwermut. Ja, sie war eigentlich immer schon schwermütig gewesen, nicht nur in dem Elternhaus im Westen, sondern auch schon in dem ersten Elternhaus im Osten, in Ostdeutschland, in Mecklenburg, im dunklen Norden, der ja ach so hell sein soll. Das Haus dort war niedrig und kühl, dunkel und undeutlich, hellhörig, drumherum Wege, die einen verschluckten und niemand einen wiederfand, denn nicht nur äußerlich auch innerlich hatte sich das kleine Kind schon weit entfernt, sah das kleine, hutzelige, niedrige Haus, das einsam auf weiter Flur stand - stand es wirklich da oder war es eine Fata Morgana? - und drehte sich gänzlich um, ging weiter und weiter, und doch ging es innerlich auf das Haus wieder zu, jeden Tag, keinen Tag ohne das Haus, in dem die Schwermut geboren wurde. Hier passierte ihr eine Freud'sche Fehlleistung, denn sie hatte zuerst geschrieben: in dem die Schwester geboren wurde! Die Erstgeborene. Hatte sie, die den ganzen Platz besetzt hatte und hielt, ihre Schwermut hervorgerufen? Die Schwester, die an ihr kein Interesse hatte, sie vielleicht als Störenfried empfand und wieder loswerden wollte.

Das andere Bild von ihm: Sie ekelte sich vor ihm, vor seiner Spucke, vor seinen hängenden, wollüstigen Lippen und buschigen, weißen Augenbrauen. Auf seinem „Starfoto", von dem ihre Kollegin den Eindruck hatte, er beiße gleich zu, war von all dem nichts zu sehen. Sie ekelte sich vor seiner Arroganz, der Besserwisserei und Selbstsicherheit. Sie wehrte sogar seinen Körper ab, der in fleischige Hände mit fleischigen Fingern mündete. Diese Fleischerhände hatten sie frappiert, sie wollte von diesen bösen, dicken, fetten Händen nicht gestreichelt werden. Sie konnte froh sein, dass es vorbei war, denn sie war in ein Kindheitsstadium der Hilfsbedürftigkeit und Abhängigkeit geraten, des Bedürfnisses nach ganz großer Zuneigung. Sie ekelte sich vor den Hosenträgern, die seine zu weite Hose hielten, und wenn sie herunterrutschte, sein Geschlecht entblößen würde, vor dem sie sich ekelte wie ein kleines Kind, vor dem ein großer Mann sein Geschlecht entblößte. Dass er sich ermächtigte über Leben und Tod seiner Ehefrau zu entscheiden. Er hatte seiner Frau nicht vermitteln können, dass er sie bis zum Schluss lieben würde, dass er sie brauchte, auch als Sterbende. Sie war froh, dass sie sein Geschlecht nicht geleckt hatte, wozu sie als Kind gezwungen ward. Der Tod war ihr immer auf den Fersen. Seitdem gab es Hoffnungslosigkeit, Ekel, Todesbedrohung, diese drei reisten überall mit hin. Auch nach Südfrankreich. Das Leben la vie s'est arrêtée là. Das Leben hielt genau dort an. Sie wollte jedoch, dass das Leben weiterging, zwischen dem Kleinkind und der Erwachsenen floss. Sie wollte „reinen Tisch" machen, aber es gelang ihr nicht. Es würde ihr nie gelingen, befürchtete sie, denn der, den sie ansprechen könnte, der, mit dem sie reinen Tisch machen könnte, sich aussprechen, war nicht mehr da. Er war in Ostdeutschland geblieben und gestorben. Mit der Flucht in den Westen war der Missbrauch beendet und schlummerte bis er in ihrer Adoleszenz wieder ausbrach, als sie abermals einem älteren Mann, dem sie ihr Vertrauen geschenkt hatte, gegenüberstand, dessen Hose herunterfiel, sie sich vor ihm hinknien musste, und wieder brauchte es Jahre, bis der schier endlose Kniefall aufhörte.

Es wurde eine innere Struktur, weshalb sie sich nicht vorstellen konnte, jemals davon erlöst zu werden, davon erlöst zu sein.
Trotzdem musste sie leben wie die anderen, obwohl in ihr diese Eisberge waren und sie auskühlten.

Jemand kommt in ein Kaff und beobachtete sie. Er war ein Flüchtling aus Ostpreußen. Er nahm sie ins Visier, fand Arbeit bei ihren Eltern, die sich nicht um sie kümmerten, sie hatten zu viel Arbeit, sie lief frei herum, das Kleinkind ohne Unterhose mit nacktem Poppo. Er hatte zwei erwachsene Töchter, die schauten weg. Alle schauten weg. Das Wegschauen war begründet, alle versteckten sich hinter ihrer Arbeit wie hinter Gardinen. Nicht Wenige sagten, das ist mir auch passiert, das ist normal. Zwar bräuchte es dann nicht vertuscht zu werden, versteckt zu werden, aber dieses Normale wurde eben doch versteckt. Damit lässt man denjenigen allein, unter anderem, um nicht selbst berührt zu werden. Auch das merkt niemand, wenn man jemanden alleine lässt. In anderen Fällen spricht man von „unterlassener Hilfeleistung", was unter Strafe gestellt ist. Aber bei sexuellem Missbrauch sprach niemand davon, niemand wurde wegen Verschweigen, Duldung angezeigt. Gerade erst änderten sich die Zeiten. Une grande tristesse. Eine große Traurigkeit und Melancholie.

Sie wollte die Strecke nicht noch einmal fahren. War es die Erinnerung? Lag es daran, dass immer sie die gesamte Strecke, die Fahrt von 5 Stunden, auf sich nahm? An ein- und demselben Tag hin- und zurückfuhr? Heute allerdings würde sie bei Cl. übernachten. Doch würde sie heute ihrer Schwester sagen, dass sie nicht mehr kommen wolle, dass es ihr schwerfiel. Sie fuhren jedes Mal zum Friedhof, wo die Eltern lagen, wo sie auf dem Grab das von ihr zuvor gekaufte Blumengesteck absetzte, dann kam das Kaffeetrinken, dann die Rückfahrt. Sie wollte das nicht mehr auf sich nehmen. Sie müssten sich dann eben mit dem Mailaustausch begnügen und weiterhin WhatsApp Nachrichten verschicken. Sie tauschten mehr oder weniger Banalitäten aus, denn ihre Schwester hielt sich, was den schriftlichen Austausch anging, mit tieferen Geschichten und Gefühlen zurück.
Sie fror. Sie fror so unendlich, dass ihr eiskalt war. Sie dachte an ihren Kühlschrank, in dem nur ein einziges Lebensmittel lag, ein Stück Tofu.

Bei Cl. quoll der Kühlschrank über. Das war der große Unterschied zwischen ihr und den anderen.

Gerade noch hatte sie mit Cl. darüber gesprochen, was sie zusammen unternehmen würden, Cl. wollte sich nur noch anziehen. Sie wartete ziemlich lange, aber dann bemerkte sie um 11.30 Uhr, dass Cl. und ihr Freund ihre Türe geschlossen hielten, deshalb machte sie sich alleine auf zur Gartenkunstausstellung im Botanischen Garten. BildhauerInnen aus ganz Deutschland und Europa stellten aus. Es war wunderbar, denn sogar die Sonne kam für ihren Rundgang zum Vorschein. Besonders mochte sie die Arbeiten von Remo Leghissa, der in Süddeutschland lebte und arbeitete. Von seinen Skulpturen gefielen ihr die Schleifen am besten, die schmalen Metall Streifen, die sich wanden und dabei allerlei Formen hervorbrachten, die sich beständig ändern konnten, ein Bewegungsfluss. Sie führte ein längeres Gespräch mit dem Künstler, der heute noch nicht gut verkauft hatte, jedoch die anderen beiden Jahre. Später ging sie immer noch bei Sonnenschein durch den Schönwasserpark bis zum Elternhaus, dass sie mutig fotografierte. Anschließend fasste sie nochmals Mut und klingelte bei den Nachbarn, die sie immer als ausgesprochen freundlich empfunden hatte, mit denen sie sich seit dem Tod der Mutter Weihnachtskarten schrieb. Sie waren sehr erfreut, sie zu sehen und zeigten ihr alles. Sie hatten auch viele Figuren getöpfert, aber jetzt, da er 90 geworden war und sie 86 hatten sie damit aufgehört. Sie zeigte ihr die umgebaute Dusche, in die sie mit dem Rollator hineinfahren konnte. Die Arbeiten ihrer künstlerisch sehr begabten Tochter durfte sie auch bewundern. Mit dem neuen Besitzer ihres Elternhauses hatten sie keinen Kontakt, obwohl sie diesen durchaus gerne knüpfen würden, aber von seiner Seite aus war das nicht gewollt. Sie freute sich sehr, sie angetroffen zu haben und ging durch den Park immer noch bei Sonnenschein zurück zum Botanischen Garten, dort nahm sie der Shuttle Bus zum Keramikmarkt an der Dionysiuskirche wieder mit in die Stadt, wo sie eine Kleinigkeit aß und trank. Cl. und ihr Freund meldeten sich nicht auf ihre Fotos hin, die sie ihnen von der Ausstellung schickte und auch nicht auf die Frage, ob sie ihnen gefielen. Sie hatten nur geschrieben, dass sie für den Sommerurlaub Vorbereitungen treffen wollten, während sie weg war.

Sie hatte wohl gedacht, sie könnte über SMS und WhatsApp Kontakt halten, aber das klappte nicht. Naja, morgen war Abreisetag.

Interessant war, dass sie alle Plätze, von denen ihre Mutter ihr erzählt hatte, nun selbst aufsuchte, wie zum Beispiel den Peking Imbiss, wo sie sich ein Essen bestellte, Nudeln mit Gemüse. Sie ging sogar auch in das Schwanen Center, wo ihre Mutter fast täglich in einem italienischen Café ihre heiße Zitrone trank, entweder mit ihrer Freundin oder alleine. Sie setzte sich nun auch dorthin und erzählte dem Inhaber von ihrer verstorbenen Mutter, die hier immer ihre heiße Zitrone getrunken hätte, und deshalb wolle sie nun auch eine heiße Zitrone hier trinken. Er überlegte und meinte, dass er 700 Stammgäste hätte, aber dass ihr Gesicht ihm bestimmt einfallen würde, wenn er auf dem nach Hause Weg zur Ruhe käme. Und heute früh war sie zu „Back und Knack" gegangen, wie ihre Mutter „das Backwerk" nannte, in dem sie mit ihren Enkelkindern oft ihr Brötchen aß.

Sie hatte Cl. 50 Euro dagelassen und gefragt, ob das für sie in Ordnung sei. Sie sagte „avec plaisir", aber dass das nicht nötig sei. Pralinen und Tee hatte sie bereits bei ihrer Ankunft übergeben. Später schickte sie ihr eine SMS, in der sie schrieb, dass sie in ihrem Herzen blieb, was Cl. missverstand, denn sie verstand es so, als wenn sie Adieu sagen wollte für immer. Sie beruhigte sie und schrieb, dass sie einfach nur etwas Warmherziges hatte schreiben wollen.

Cl. vermisste ihre Gespräche und schickte ihr einen Text in Englisch, den ihre Mutter an die Toilettentür angeheftet hatte, der ihre ganze Kindheit und Jugend über dort hing und den sie bei jedem Toilettengang las, was ihr wie eine Indoktrination vorkam, aber das sagte sie Cl. nicht. Der Text plädierte dafür, sein Licht nicht unter den Scheffel zu stellen, sondern anderen durch das eigene Leuchten zu helfen. Sie glaubte, dass die Mutter von Cl. sehr viel verlangte, in dem diese immer leuchten sollte. Cl. Wollte wissen, ob sich andere von denen, die immer leuchteten, gelähmt fühlten? Das konnte schon sein.

Bis zum Leuchten ist es manchmal ein langer Weg durch viele Schwierigkeiten hindurch. Sie dachte an den Artikel vom 5. und 6. Mai 2019 in „Le Monde", die sie am Bahnhof gekauft hatte, denn es gab in der Zeitung ein langes Interview auf Seite 18 unter der Rubrik „rencontre" mit der Sängerin Chris. Es geht um ihre schwierige, lange Wegstrecke, die sie durchlaufen musste, bevor sie das eigene Licht zum Leuchten bringen konnte.

„La chanteuse raconte son itinéraire comme artiste enfin à l'aise dans l'expression de sa féminité" : Die Sängerin erzählt ihre Wegstrecke als Künstlerin, die schließlich im Ausdruck ihrer Weiblichkeit ihre positive Kraft spürt.

Sie erinnerte sich, dass sie jedes Mal erleichtert war, wenn der Zug sich Hamburg näherte. Es war wie ein Licht am Ende des Tunnels.

Sie konnte das „Make up" ihrer Schwester nicht mehr ertragen, aber auch nicht von anderen Leuten, das Aufgetakelte, es war wie eine Maske, wie eine falsche Identität, die sie manchmal gerne herunterreißen würde. Vielleicht war deswegen die letzte Geste in dieser Stadt, die sie tat, auf dem Bahnhof, dass sie mit einer obdachlosen, „verlorenen" Frau zwischen 50 und 60 Jahren zur Bahnhofsbäckerei ging, wo sie sich Kaffee und Brötchen aussuchte, die sie bezahlte.

Vorher hatte sie sich ein heruntergesetztes Portemané gekauft und das alte einem jungen Pärchen überlassen, die auf dem Boden in der Fußgängerzone saßen, es gerne nahmen wie auch die leere Pfandflasche.

Wieder 15 Minuten Verspätung und noch mal 30 Minuten in Duisburg. Es war so furchtbar kalt. In Duisburg waren alle Fensterscheiben seitlich der Gleise zerbrochen, jedoch mit Klebeband zusammengehalten. Es sah aus wie ein Kunstwerk einerseits, aber da alles so unglaublich schmutzig war, war es kein Kunstwerk, sondern so abstoßend, dass es weh tat. Weh tat ihr auch der weißhaarige, große, obdachlose Mann im weinroten Bademantel, der neben sich seine Habseligkeiten abgestellt hatte.

Im Zug mochte sie sogar die vorbeifliegende Landschaft nicht mehr, wenngleich sie doch ihren Spaziergang im Schönwasserpark genossen hatte

Die erste Nacht in ihrem Bett schlief sie sehr schlecht, wie schon immer in der letzten Zeit. Das war sicher der Grund, warum sich am Morgen alles um sie herum drehte, als sie im Café angekommen war. Der Kaffee half nicht. Sie sprach mit einer Stammkundin und mit Ba., als diese Pause machte. Für eine Viertelstunde setzten sie sich in die Sonne. Sie fastete gerade, so wie es ihre Religion für diesen Monat vorschrieb, aber sie findet es total hart, sie sagt, sie tut es für Gott. Sie freut sich auf den Beginn des Integrationskurses C1, der leider erst im Juli beginne. Sie sagte, sie habe große Lust zu lernen.

Sie selbst war jedoch so fertig, dass sie ihren Laptop gar nicht erst auspackte, was so gut wie nie vorkam. Sie aß ein ganzes Käsebrötchen und ein Laugencroissant mit Käse, aber ihr Zustand änderte sich nicht. Es war ihr wie in dem Spiel, dass sie als Kinder spielten, es hieß „Blinde Kuh". Das erinnerte sie daran, dass sie, bevor sie ins Café kam, zu ihrem Sohn in die Wohnung ging und die Blumen begoss, ein bisschen aufräumte und die Bierdosen wegbrachte. In der Post war seine Wahlbenachrichtigung, damit würden sie nächste Woche, wenn er vor Ort wäre, ins Bezirksamt gehen und wählen. Das Spiel der Blinden Kuh verlief so, dass eine Person in den Kreis kam und ihr die Augen verbunden wurden, dann wurde sie viele Male gedreht und gedreht, schließlich losgelassen, so dass die Person orientierungslos im Dunkeln tappte. Die „Blinde Kuh" versucht jemanden aus dem Kreis zu fassen, das ist aber schwierig, weil die Spielteilnehmer versuchen, sich zu entziehen. Sollte es aber doch gelingen, so muss der fest gehaltene Spieler die blinde Kuh spielen undsofort. Jedenfalls hatte sie das Gefühl, dass sich alles um sie herum drehte, sie orientierungslos herumtappte und nichts wiedererkannte.

Ein Tag der Desorientierung, an dessen Ende sie eine mail von einem Schulfreund erreichte. Er schrieb, dass er ihre mail nicht bekommen hätte, sonst hätte er gerne mit ihr einen Kaffee getrunken. Er war seit seiner Jugend mit seiner Frau zusammen und hat mit ihr 7 Enkelkinder. Weil sie so jung zusammengekamen und sich einander für immer versprachen, vereinbarten sie, sich zu erlauben, nebenbei mit anderen Zärtlichkeitsbeziehungen zu führen. Er hatte ihr schöne Augen gemacht, sie auf diesem Hintergrund gewissermaßen bewusst verführt, bis zu einem Punkt, an dem er Halt machte und sie in Verzweiflung geriet, denn sie hatte sich mit Haut und Haaren verliebt und kam mit der brüsken Zurückweisung nicht klar, blieb der Schule fern und weinte sich die Augen aus. Als sie nach drei Tagen wieder zur Schule ging, hatte er bereits mit einer anderen Mitschülerin angebändelt, was sie überdies verletzte, aber aus seiner Perspektive war die Welt in Ordnung geblieben. Gesagt hatte er noch, dass, wenn seine feste Freundin sterben würde, dann könnte er sich vorstellen, dass er sie zur Freundin nähme.

Ihre Schwester hatte das Schlusswort. Sie hatte ihr auf WhatsApp geschrieben, dass unten im Haus, neben der Tatoo-Frau, ein Stylist eingezogen sei, der u.a. die Lippen aufspritze. Sie mochte das überhaupt nicht, ihre Schwester hingegen sehr wohl. Sie schickte ihr zwei Lippenpaare, eines voll und das andere wie bei einem Kussmund auf dem Spiegel nur die senkrechten Strukturen zeigend.

Der neue Hausbesitzer, den sie gefragt hatte, ob er womöglich den Kontakt abrechen möchte, schrieb ihr, dass sie damit recht hätte, denn sie sei ihm zu „aufdringlich" und auf Verlangen würde er ihr die Radierungen zurückschicken. Es war um ihren „Besuch", einer Stippvisite in ihrem umgebauten Elternhaus gegangen, den er zwar vorgeschlagen hatte, aber dann zog er seinen Vorschlag zurück ohne es ihr offen zu sagen, stattdessen eierte er rätselhaft jedes Jahr aufs Neue um den heißen Brei herum.

Ihre Schwester war mit ihrem Mann auf dem Weg nach Madrid, wo die Enkeltochter ihrer ersten Tochter studierte. Sie hatte sie bereits auf Long Island besucht, dorthin in Begleitung der Tochter. Diese Tochter fuhr sie auch bei allen Reisen zum Flughafen und holte sie ab. Ihre

Schwester reiste immer in Begleitung, entweder mit ihrem Mann oder mit ihrer Freundin oder Tochter.

Sie hatte ihrer Schwester geschrieben, die ihr bei ihrem Besuch erzählt hatte, dass sie es dumm fand, dass ihre zweite Tochter und deren Mann sie auf der Geburtstags Party ihrer Enkelin ignorierten. „Wie dumm ist das denn!", rief sie immer wieder. Es ließ sie kalt und sie machte sich lächerlich über das Verhalten. Sie schrieb ihr, ob es sein könne, dass sie ignoriert wurden, weil sich ihr Mann seit 12 Jahren immer noch nicht wegen der Beschimpfung ihres Schwiegersohnes in Anwesenheit anderer bei diesem persönlich entschuldigt hätte? Das hatte die Tochter zur Bedingung gemacht, dass sie wieder miteinander sprachen, denn es war nicht die erste Beschimpfung. Ihre Schwester ging gar nicht auf ihren Einwand ein, beschäftigte sich gar nicht mit Gründen, weder, als sie persönlich mit ihr darüber sprach, noch schriftlich. Sie schrieb einfach nur, sie solle sich keinen Kopp machen: „Mach dir keinen Kopp!" und wünschte ihr dann gute Erholung fürs Wochenende.

Als sie die Mails des neuen Besitzers löschte, fiel ihr nochmal auf, wie herzlich er ihr stets geschrieben hatte, wie freimütig und gefühlvoll er ihr von dem Hausumbau erzählte, etwa als er schrieb, dass er mit dem alten Haus mitleiden würde, dass jetzt durch den Umbau bis auf die Grundfesten erschüttert würde. Wie oft er geschrieben hatte „schön, dass du dich meldest…" er selbst hatte von einem Besuch mit Kaffee und Kuchen gesprochen.

Sie begann mit einem neuen Selbstportrait. Die Anlage hatte sie schon geschaffen. Sie wollte das Gesicht so plastisch als möglich herausarbeiten. Die ersten beiden Selbstportraits waren recht verschwommen. Sie wollte offenbar sichtbar werden. Sich nicht im Tunnel verstecken.

Das Bild ist einfach und klar geworden, sehr konzentriert, mit wenigen Farben, aber auch bedrückend diese Einfachheit, Schlichtheit, Konzentration, wenn nicht gar Fixierung auf etwas Bestimmtes.
Der grüne Hintergrund, ein heller und ein dunkler Teil ein- und derselben Farbe, beruhigte gewissermaßen. Die ganze Lebendigkeit befand sich in den Augen der Frau, die neugierig, wissbegierig, interessiert, gar bohrend auf ihr Sujet blickte, dabei den Kopf seitlich geneigt

hielt, so dass sie de BetrachterInnen nicht direkt ansah.

Später würde sie das Portrait nicht aushalten und übermalte es.

Die Kinder störten sie, dabei sah sie sie nicht einmal. Allein schon ihre Stimmen reichten aus, damit sie sich elend fühlte. Sie erinnerte sich an ein Gespräch mit ihrem Hausarzt, der damals einmal in der Woche in einem Hospiz tätig war. Er sagte, dass er es nicht verstünde, dass manche alten Leute die spielenden Kinder vor dem Fenster nicht ertragen könnten. Er verstünde es deshalb nicht, weil es doch Ausdruck von Lebendigkeit sei. Im anderen Zimmer freuten sich die alten Leutchen deshalb und nahmen Anteil an der Freude der Kinder. Von Zimmer zu Zimmer waren die Befindlichkeiten anders. Sie verstand sowohl die einen als auch die anderen. Tiefer verstand sie diejenigen, die es nicht ertrugen. Sie selbst schloss inzwischen die Fenster, um sich gegen den Kinderlärm abzuschotten. Lieber hörte sie frühmorgens den Vögeln zu. Das genoss sie. Sie hörte aufmerksam den Vogelstimmen in den Bäumen zu, die durch nichts gestört wurden und in der frühmorgendlichen Stille ihren gesungenen Dialog führten.

Von Geburt an waren alle dem Tode bestimmt und spätestens, wenn jemand starb, musste allen bewusst sein, dass der Lebende, die Lebende , die, der nun gestorben war, immer schon hatte gehen müssen, immer schon ein Fremdling war wie jeder, jede von ihnen, wie es allen auf Erden bestimmt war.

Früher war es ihr nicht wirklich bewusst, als Jugendliche war sie nur unglücklich. Es hieß, alles habe seine Zeit, und alles gebe es nur innerhalb einer Zeitspanne. Es war der Tod, der aufräumte, für Erneuerung sorgte, weil er dem Neugeborenem Platz schaffte. Leben und Sterben gaben sich die Klinke in die Hand.

Freute sie sich überhaupt auf Südfrankreich?

Der „krönende" Abschluss einer 5-jährigen herzlichen Beziehung mit dem neuen Hausbesitzer: Er legt der Rücksendung ihres Buches und ihrer Radierungen einen geschäftsmäßigen Gruß bei: „Mit freundlichen Grüßen", es folgte der volle Name.

„Schön, dass Sie sich melden!" hatte er in seiner ersten mail 2014 geschrieben und später: „Wenn alles fertig ist, müssen Sie mal vorbeikommen und sich den Umbau ansehen…"

Trotz allem wollte sie nicht in den Tunnel verschwinden.

Dazu hatte sie eh keine Zeit, jetzt ging sie erstmal mit ihrem Sohn ins Wahllokal, denn sie würde ja erst einen Tag vor der Europawahl aus Südfrankreich zurückkehren. Er hatte vom Blindenverein die Schablonen erhalten.

Vor Ort war ziemlich viel los. Alles dauerte seine Zeit.

Ihre Schwester schickte ihre Fotos vom Eingang des Museo Prado, ein schöner Baum war darauf zu sehen, eine Akazie namens „Jacaranda"

Das Hotel schrieb ihr:

„merci au plaisir de vous recevoir lundi prochain" Wir freuen uns, sie kommenden Montag zu empfangen.

In der Nacht schlief sie sehr schlecht, jede Stunde musste sie auf Toilette. Tagsüber taten ihre Augen weh, und sie hatte Kopfschmerzen. Kein Wunder, es war viel zu Bruch gegangen. Es hieß, man würde sich selbst mitnehmen, egal, wohin, ob ans Ende der Welt oder nach nebenan.

Im Film ging es um einen Vergewaltiger, der durch seine Frau gedeckt wurde. Sie gab ihm ein Alibi, er wurde freigesprochen. Sie ziehen in eine andere Stadt, dann jedoch wieder zurück, weil der Frau dort eine lukrative Stelle versprochen worden war. In der Firma, in der er einen höheren Posten annimmt, stößt er auf die Frau, die er vergewaltigt hat, sie arbeitet auch in der Firma. Diese ist völlig entsetzt. Es kommt dazu, dass die Ehefrau sie entführt und hofft, ihr Mann würde sie umbringen, damit das, was ihnen nachhängt, getötet würde. In dem Moment wird er von der Polizei daran gehindert. Interessant war, mit welcher Verbissenheit die Ehefrau mit aller Macht versuchte, das Image aufrecht zu erhalten. Sie wollte partout diesen schwarzen Punkt auslöschen, das Familien-, Paar- und Berufsleben sollte ohne jeglichen Schaden strahlen wie vordem. Verzweifelt setzte sie alles daran, dieses Bild zu wahren, bishin, dass sie den Mord der Vergewaltigten vorantrieb.

Wie würde es weitergehen, wenn sie von Südfrankreich zurückkäme? Derselbe Trott? Regelmäßig Sport treiben, mindestens dreimal die Woche. Ihre Fantasie wieder spielen lassen und Geschichten schreiben, das konnte sie doch. Hier und da ein Bild. Sich engagieren, das hatte keinen Zweck, sie war immer wieder gescheitert. Auf der Bindungsebene sah es düster aus.
Sie packte ihre Sachen ein, um bei ihrem Sohn die Glühbirne in der Toilette auszuwechseln. Vor

Ort die Räume auszufegen, die Blumen zu begießen, Papier und Müll wegzubringen, den schmutzigen Rucksack mitzunehmen, um ihn später bei sich in die Maschine zu stecken.

Als sie auf die Straße trat, bemerkte sie als erstes die schmeichelnde Milde des Wetters. Sie entschloss sich spontan, das Fahrrad mitzunehmen, um nach der Putzerei zum Flohmarkt zu fahren. Das genoss sie, das Wetter war grandios. Und was sie lange nicht mehr gemacht hatte, sie setzte sich in das Flohmarkt Café gegenüber dem Eingang zur Rinderschlachthalle. Es war total süß zurecht gemacht. Sie setzte sich an den Einzeltisch, der gerade frei geworden war. Wenig später blieb Bel. bei ihr stehen, sie parlierten eine gute Weile auf Französisch, dann ging Bel. erstmal auf den Flohmarkt und kehrte bald zurück, um mit ihr etwas zu trinken. Sie unterhielten sich viel über ihre Therapie, die, wie sie sagte, ihr das Leben gerettet habe. Seit dem Beginn habe sie viel erreicht, ihr Leben sei stabiler geworden, dennoch sei sie noch nicht am Ende, obwohl sie schon Jahre diese Therapiearbeit auf sich nehme. Aber wie die Therapeutin sagte, seien sie noch nicht zu ihrem Trauma vorgedrungen. Erst einmal wurde ihre Welt stabilisiert, damit sie sich konfrontieren konnte. Die Konfrontation sollte schließlich nicht zum Zusammenbruch führen, sondern sie sollte daraus gestärkt hervorgehen.

Viel sprachen sie auch über ihre Band und ihren Auftritt, dass sie sich der Stimme geöffnet hatte, wie gut ihr das bekomme. Sie gab ihr die Adresse, damit sie sich ihre Musik im Netz anhören könnte und lud sie zum nächsten Auftritt ein, der allerdings erst im Oktober war, das betrübte sie. Ihr erster Auftritt in den AstraStuben war ein voller Erfolg gewesen. Aber sie verfiel immer wieder in Unsicherheit und litt unter Migräneanfällen, die so stark waren, dass sie Medikament nehmen musste.

Mit ihrer Tochter war alles okay, die ging jetzt zum zweiten Mal ins Ausland….

Sie sagte ihr noch, dass eine Freundin von ihr, auch kommende Woche, aber zwei Tage später, nach Südfrankreich fliege, sie komme aus der Gegend und sei auch 70 Jahre alt.

Es war wirklich ein schöner Vormittag mit Bel., sie sah „Licht am Ende des Tunnels".

Wenn sie bedachte, dass sie zu Beginn des Tages, in der Nacht und am Abend zuvor ganz ganz unten festhing….

Die Autorin lebt und arbeitet in Hamburg.
Weitere Infos:
www.brigittesandberg.de
www.literaturinhamburg.de/ weblesungen

Veröffentlichungen

**Einklang**
Briefwechsel mit Denise Epstein, der
überlebenden Tochter der in Ausschwitz
getöteten Schriftstellerin Irène Némirovsky
Mit Malerei und Fotos / 160 S.

**Zweiklang**
Tod der Mutter
Teil 1 Besuch der Mutter
Teil 2 Elbspaziergänge
Mit Malerei und Fotos / 340 S.

**Dreiklang**
Kurzgeschichten 3 Teile
Im Schatten der Zeit
Unter der Haut
Das blaue Buch
Mit Malerei und Fotos / 472 S.


**Fünfklang**
In den Vierteln
Olgaa
Das Osterfeuer
Trutzburg
Der Friedri
Mit Malerei und Fotos / 348 S.

**Der seine Stirn an den Baum lehnte**
Gedichte 1967 – 2017   /280 S.

**Nos échanges**
„Einklang" auf Französisch / 152 S.

**Besuche in Dublin**
Reiseaufzeichnungen 2003 – 2008
Mit 25 Fotos / 265 S.

**Der goldene Taler**
37 Märchen / 160 S.

**Trennung**
Kurzer Text / 100  S.


**Stimmen**
Kurzgeschichten aus 2018
320 S.


**Lydia November:  l.n. 1**
Prosa und Gedichte
Mit Zeichnungen, Radierungen und Plastiken
Vergriffen
1980


**Lydia November: l.n.2**
Prosa und Gedichte
Mit Zeichnungen und 8 Fotos
Vergriffen
1982